Ich weiß alles über dich

Thomas Feibel wurde 1962 geboren und ist der führende Journalist zum Thema „Kinder und Computer". Er leitet das „Büro für Kindermedien" in Berlin, publiziert u.a. in „c't", „spielen und lernen" sowie „Dein SPIEGEL" und arbeitet auch für Hörfunk und Fernsehen. Er hält viele Vorträge, gibt Workshops und hat bereits zahlreiche Kinder- und Jugendbücher veröffentlicht.

Thomas Feibel

Außerdem in der Reihe Carlsen Clips lieferbar:
Alles zu viel
Auf dich abgesehen
Ich glaub euch kein Wort
Immer on
Killyou!
Mehr als ein Spiel
Von wegen Freundschaft!
Wir sehen uns im Westen

Wir behalten uns die Nutzung unserer Inhalte für Text- und Data-Mining im Sinne von § 44b UrhG ausdrücklich vor.

Mit Fragen zur Produktsicherheit wenden Sie sich bitte an: carlsen.de/kontakt

Originalausgabe
Veröffentlicht in der Carlsen Verlag GmbH
Völckersstraße 14–20, 22765 Hamburg
März 2016 • Copyright © 2016 Carlsen Verlag GmbH, Hamburg
Umschlagabbildung: photocase.de © mvandongen; shutterstock.com
© Tzubasa
Umschlaggestaltung: formlabor
ISBN 978-3-551-31456-7

1

STALKER IM KOPF

Jetzt habe ich schon seit drei Wochen keine Anrufe und Nachrichten mehr von Limo erhalten. Ein halbes Jahr nach unserer Trennung lauert er mir auch nicht mehr überall auf.

Vergessen kann ich ihn trotzdem nicht: Geht einem der Stalker nicht mehr aus dem Kopf, dann hat er eigentlich schon gewonnen.

Um mich abzulenken, schleppt mich meine Freundin Paula am Wochenende erst zum Friseur und dann auf eine Party. Sie findet, dass es höchste Zeit für mich wird, wieder mehr Spaß in mein Leben zu lassen.

Im riesigen Hof mit den Gartenfackeln läuft laute Musik. Überall stehen Gruppen von Menschen, die ich nicht kenne. Trotzdem fürchte ich, irgendwo Limo zu entdecken: am Grill, auf der Tanzfläche oder vielleicht bei den Shisha-Rauchern. Unsicher spiele ich mit meinem Fahrradschlüssel herum.

„Zieh doch nicht so ein Gesicht, Nina!" Paula drückt mir ein Glas mit einer knallbunten Flüssigkeit in die Hand. „Trink das, dann geht's dir gleich besser."

Misstrauisch betrachte ich das türkisfarbene Zeug. Eine Kirsche schwimmt kurz an der Oberfläche und versinkt wieder. „Ist da Alkohol drin?"

Achtlos lässt Paula ihren Strohhalm auf den Rasen fallen. „Frag nicht. Mach es wie ich: einfach runter damit." Damit kippt sie den ganzen Inhalt auf einmal, spuckt die Kirsche im hohen Bogen in die Büsche und grinst mich an. „Komm schon, Süße, sei keine Spaßbremse! Wir müssen doch feiern!"

Ich versuche ein Lächeln aufzusetzen, aber es klemmt. „Was denn feiern?"

Sie zupft an ihrem weinroten Top. „Na, deine Einladung, für *Kickers Kreuzberg* zu spielen."

„Es ist nur ein Probetraining", sage ich lahm.

„Aber bei einer der besten deutschen Frauenfußballmannschaften. Ich weiß doch, wie viel dir das bedeutet." Mit ihren grünen Katzenaugen schaut sie mich begeistert an. „Eine Torfrau wie dich haben sie bestimmt noch nie gesehen. Und außerdem bist du endlich diesen

Volldeppen Limo los. Seitdem die Polizei bei ihm war, hält er jedenfalls still."

Missmutig sauge ich an meinem Strohhalm. „Fragt sich nur, wie lange."

„Sei nicht so negativ!", ruft Paula und wirft ihre langen braunen Haare zurück. „Sondern wie ich: angeschickert!" Sie streckt mir ihre Hand mit den rot lackierten Fingernägeln entgegen. „Komm, trink aus! Dann organisiere ich uns Nachschub."

Ich bin Alkohol nicht gewohnt, aber durch ihn lässt meine Anspannung ein wenig nach. Während ich auf Paula warte, zupfe ich an meiner neuen Frisur herum. Ohne den dunkelblonden Zopf komme ich mir fremd vor. Außerdem hat Paula mir verboten meine Brille aufzusetzen. Stattdessen habe ich mir Kontaktlinsen auf die Augen gefummelt.

Im Vorbeigehen nickt mir die rothaarige Gastgeberin zu. Paula und sie müssen gute Freunde sein. Jedenfalls sind sie sich bei unserer Ankunft kreischend um den Hals gefallen.

„Woher kennst du eigentlich diese Mandy, Sandy, Candy oder wie sie heißt?", will ich von Paula wissen, die mir jetzt ein knallrotes Getränk reicht.

„Na gar nicht", gesteht sie kichernd. „Den Party-Tipp hat mir jemand an meine *Frienderline*-Pinnwand gepostet. Das Ganze läuft unter *Duo*-Abend: Jeder soll seinen Liebsten oder einen guten Freund mitbringen." Sie leert ihr Glas wieder in einem Zug und breitet die Arme aus. „Außer dir kenne ich hier kein Schwein."

Ich muss lachen. Zum ersten Mal seit langem bricht es einfach so aus mir heraus.

Paula war schon immer die Frechere, Sorglosere von uns beiden: Mit ihrer guten Laune steckt sie einfach jeden an. Sie kann sich rasend schnell verlieben und manchmal noch schneller wieder *ent*lieben.

Vor allem aber besitzt Paula ein wahnsinnig großes Herz.

2

MISTER SOLO

„Ich sterbe vor Hunger!" Paula steuert auf einen Tisch mit Essen zu. Sie schnappt sich einen Pappteller und stapelt munter drauflos: Pizzabrötchen, Erdbeeren, Fleischbällchen, Schaumküsse, Peperoni – einfach alles durcheinander.

„Wäre der nicht was für dich?", flüstert sie mir plötzlich ins Ohr. Mit einer Hühnerkeule deutet sie auf einen blonden Typen in der Nähe.

Ich kann es nicht fassen. „Willst du mich etwa verkuppeln?!"

„Hey, auf seinem T-Shirt steht doch, dass er solo ist." Paula grinst. „Kapierst du nicht? Das ist eine Ein-la-dung!"

Überrascht starre ich das pinkfarbene Oberteil mit der weißen Eins und dem Wort SOLO an. Ich erkenne es sofort.

„Das ist kein T-Shirt", kläre ich Paula auf, „sondern das Fußball-Trikot von Hope Solo."

In ihrer Heimat Amerika gehört die Torhüterin Hope Solo zu den ganz großen Stars der Sportszene.

„Na dann!" Sie zwinkert mir zu. „Sprich ihn an!"

Noch bevor ich protestieren kann, tippt sie dem Kerl auf die Schulter und macht sich vergnügt aus dem Staub. Natürlich dreht sich der Typ prompt zu mir um.

Ich weiß nicht, was ich sagen soll. Für eine lässige Bemerkung ist es zu spät.

„Du siehst ein wenig ... sprachlos aus", meint er freundlich. „Ich bin Ben."

Ben ist einen Kopf größer als ich und schätzungsweise Anfang zwanzig.

„Nina", antworte ich und gewinne allmählich meine Fassung zurück. „Na ja. Männer, die auf Frauenfußball stehen, sind eher selten."

„Echt?" Fragend sieht er mich mit seinen blauen Augen an.

„Die meisten haben nur einen blöden Spruch dafür übrig", erkläre ich. „Jedenfalls bei uns in Deutschland. In den USA wird Frauenfußball viel ernster genommen."

Ben nickt. „Ich muss zugeben, dass ich mich auch nie dafür interessiert habe. Aber dann hat eine Bekannte so davon geschwärmt, dass ich mir ein Spiel anschauen musste. Seitdem bin ich Fan. Vor allem von Hope Solo."

„Ist nicht zu übersehen." Ich deute auf sein pinkfarbenes Trikot.

Er grinst. Dann fragt er: „Und wieso kennst du Hope?"

Verlegen schaue ich zu Boden. „Ich spiele selbst Fußball."

„Echt jetzt? Welche Position?"

„Torfrau."

„Das ist ja 'n Ding!" Ben stellt seinen vollen Pappteller ab. „Und wo?"

„Bisher in einem kleinen deutsch-türkischen Verein."

„Bisher?", hakt er interessiert nach.

Es ist schön, endlich mal wieder ein ganz normales Gespräch zu führen. Ben ist mir auf Anhieb so sympathisch, dass ich ihm die große Neuigkeit verrate: „Ich wechsle vielleicht zu *Kickers Kreuzberg*."

„Wow! Das ist ja super!" Ben freut sich aufrichtig. „Wie haben die dich entdeckt? Gibt's da einen Talent-Scout? Entschuldige, wenn ich dich so löchere. Aber ich lerne nicht alle Tage eine richtige Fußballerin kennen."

Doch ich höre ihm gar nicht mehr zu. Mein Lächeln erstirbt und für einen Moment vergesse ich sogar zu atmen. In einiger Entfernung sehe ich blonde Rastalocken. *Limos* Rastalocken.

Also doch: Er verfolgt mich wieder.

„Was ist denn los?", wundert sich Ben, weil ich nicht antworte. „Habe ich was Falsches gesagt?"

„Ich muss gehen", sage ich und stürze davon. Im Gedränge der Leute packt mich eine solche Angst, dass ich nicht einmal mehr nach Paula suche. Ich will nur noch weg …

Draußen sperre ich hektisch mein Fahrrad auf. Doch als ich es von der Laterne wegziehen will, bleibt es mit einem unerwarteten Ruck hängen.

Jemand hat mein Rad mit einer dicken Kette festgemacht. Und ich weiß auch genau, wer.

Schon höre ich hinter mir Schritte. Mein Herz klopft und klopft und klopft. Meine Knie zittern. Ich wage es kaum, mich umzudrehen.

Doch zum Glück ist es nur Ben.

„Hey", keucht er. „Du bist einfach so weggelaufen. Ich hab mir Sorgen gemacht."

Ich zeige ihm den Schlamassel mit dem Schloss.

„Welcher Idiot baut denn so einen Scheiß?"

Ungläubig schüttelt er den Kopf. „Ohne Bolzenschneider bekommst du das nie auf."

Also sitze ich hier erst mal fest. Paula tanzt sich bestimmt gerade die Seele aus dem Leib oder flirtet wild herum. Auf sie warten will ich auf keinen Fall.

Zu meiner Erleichterung bietet Ben mir an, mich mit dem Auto nach Hause zu bringen. Ich schicke Paula eine kurze Nachricht, dass ich schon gegangen bin. Dann steige ich in den blauen Golf.

Auf der Fahrt lehne ich den Kopf müde gegen die kühle Scheibe. Ben ist klug genug, keine Fragen zu stellen.

3

LIMO + NINA

Am nächsten Morgen steht mein Fahrrad vor unserem Haus. Einfach so. Ohne fremde Kette. Dafür baumelt ein Fußball-Anhänger mit Reißverschluss am Lenker.

Ich öffne ihn und hole einen zusammengefalteten Zettel heraus.

Liebe Nina,
ich würde mich freuen, wenn wir unser Gespräch fortsetzen könnten. Hast Du Lust auf einen Kaffee? Ich bin heute gegen 14 Uhr im Café Fritzi. *Ich will nicht aufdringlich sein, kein Zwang.*
Ben

Ich kenne das *Fritzi*. Es liegt ganz in der Nähe vom *Muttiblock*. So heißt das Café, in dem die Fußballmädels und ich nach dem Training meistens sitzen, weil es da nicht so teuer ist.

Ben hat mir nun schon zweimal aus der

Klemme geholfen. Und wenn ich an das pinkfarbene Trikot denke, muss ich trotz aller Sorgen lächeln. Außerdem gefällt mir sein ruhiges, rücksichtsvolles Wesen. Gerade im Vergleich zu Limo.

Darum nehme ich seine Einladung an.

Und so sitze ich nachmittags im *Fritzi* und erzähle Ben die ganze Geschichte von Limo und mir:

Limo habe ich im Stadtpark kennengelernt und ihn am Anfang echt cool gefunden. Ich mochte vor allem seine lockere Art. Er spielte Gitarre, machte witzige Sprüche und konnte gut küssen. Und in Sachen Computer und Internet hatte er richtig was drauf. Kaum waren wir zusammen, hat er als Erstes mein altes Smartphone gehackt, um versteckte Funktionen in Gang zu setzen.

Aber es gab eben noch eine andere Seite an ihm: Limo war absolut unzuverlässig und kam häufig zu spät zu unseren Verabredungen. Ich musste oft für ihn mitbezahlen, weil er angeblich gerade kein Geld dabeihatte. Wenn ich ihn nicht treffen konnte, weil ich lernen musste, wurde er immer supersauer.

Am schlimmsten war jedoch seine wahnsinnige Eifersucht. Ständig wollte er alles genau wissen: mit wem ich gesprochen, wem ich geschrieben oder wen ich getroffen hatte.

Als ich Limo schließlich dabei erwischte, wie er die Nachrichten auf meinem Handy las, machte ich Schluss. Nach knapp drei Monaten.

Für Limo war die Trennung total schlimm. Er brüllte herum und schlug vor Wut sogar seine Gitarre kaputt. Dann begann die Sache mit den Anrufen.

Ständig klingelte mein Telefon. Ging ich dran, blieb es am anderen Ende still. Ging ich nicht dran, klingelte es weiter. Tag und Nacht. Vor allem nachts. Oder es kamen Textnachrichten voller Beleidigungen, Absender: anonym.

Zweimal wechselte ich meine Nummer. Ohne Erfolg. Er machte immer weiter.

Manchmal kreuzte er auch nach Unterrichtsschluss mit seiner knatternden Schwalbe vor der Schule auf. Oder er wartete vor dem Haus auf mich.

Als ich bei der Polizei Anzeige erstatten wollte, nahm der Beamte die Sache nicht sonderlich ernst. Limo konnte einfach so weitermachen.

4

DAS SCHWERE HERZ

Ben rührt in seinem Kaffee herum. „Und deine Eltern? Warum haben die nicht geholfen?"

„Meinen Vater kenne ich nicht", erkläre ich. „Und meine Mutter lebt in so einer Wohngemeinschaft für ehemalige Drogenabhängige. Ich hab sie seit Jahren nicht gesehen."

Ben presst die Lippen aufeinander. Bei Tageslicht wirkt er ein wenig blass. Ein paar Haare stehen ihm seitlich ab.

Gestern Abend kam er mir sehr selbstsicher vor, heute wirkt er irgendwie nervös. Jedenfalls fällt es ihm schwer, mir in die Augen zu sehen.

„Dann lebst du also ganz alleine?", erkundigt er sich.

„Nein, bei Emmi, meiner Großmutter." Ich stelle meinen Tee ab. „Sie besteht allerdings drauf, dass ich sie Tante Emmi nenne, sonst fühlt sie sich alt."

Ben muss lächeln und sieht wie ein kleiner

Junge aus. „Konnte sie nicht etwas wegen Limo unternehmen?"

Ich nicke. „Tante Emmi ist noch mal mit mir zur Polizei gegangen, zu einer Stalking-Beauftragten, die sich um solche Fälle kümmert. Die Frau hat zwei Beamte zu Limo nach Hause geschickt und danach gab er Ruhe. Aber nun fängt alles wieder von vorne an."

Ben überlegt. „Vielleicht kann ich mal mit ihm reden?"

„Ich glaube kaum, dass das etwas nützt."

Die Kellnerin bringt zwei Portionen Pommes. Beide mit Erdnusssoße und rohen Zwiebeln.

Manche Leute finden diese Kombination ekelhaft, aber ich liebe sie über alles. Und das wirklich Irre ist: Ben hat sich noch vor mir das Gleiche bestellt und sich dabei für seinen „perversen Geschmack" entschuldigt.

Neben Frauenfußball haben wir also noch eine gemeinsame Vorliebe!

„Was ist das eigentlich für ein seltsamer Name: Limo?", wundert sich Ben.

„Das ist sein Spitzname. Er heißt eigentlich Robert Limberger."

Ben hört auf zu essen. Er schaut mich komisch an. „Robert Limberger?", wiederholt er leise.

„Kennst du ihn?", frage ich.

Ben schüttelt den Kopf, er wirkt verstört. „Ich habe dir doch erzählt, dass ich mich erst für Frauenfußball interessiere, seit mir jemand davon vorgeschwärmt hat", sagt er langsam und lächelt dann unsicher. „Dieser Jemand ... das warst du."

Ich lege meine Gabel zur Seite. „Das verstehe ich nicht."

Ben fährt sich nervös durch die Haare. Sofort steht das kleine Büschel noch mehr ab. „Ich arbeite für *SchweresHerz.de*. Ich habe dich dort beraten."

„Was?" Ungläubig starre ich ihn an.

In den schlimmen Monaten mit Limo haben mir drei Dinge geholfen: Paulas Beistand, Fußball und die Internetseite *SchweresHerz.de*.

Auf dieser Seite können sich Menschen mit echten Problemen melden, die nicht wissen, an wen sie sich sonst wenden sollen. Die Mitarbeiter von *SchweresHerz.de*, deren Namen geheim bleiben, hören zu und versuchen mit Ratschlägen zu helfen.

Die Seite war ein Tipp von Atilla, unserem Trainer. Er hat damals schnell gemerkt, dass es mir schlecht ging, und mir darum die Internetadresse gegeben.

Nach meinem ersten erfolglosen Besuch bei der Polizei habe ich mich mehrmals einem Helfer bei *SchweresHerz.de* anvertraut. Von ihm erfuhr ich auch, dass es bei der Polizei eine Stalking-Beauftragte gibt. Damals habe ich mir vorgestellt, dass mein Berater älter ist. Vielleicht so ein weißhaariger Typ mit Walrossbart.

Und jetzt soll Ben dieser Helfer sein?!

Er kratzt sich verlegen am Hals. „Ich bin genauso überrascht wie du, Nina. Als du mir eben von deinen Eltern und Emmi erzählt hast, kam mir das zwar bekannt vor. Aber auf *SchweresHerz.de* hast du Limo immer nur Robert Limberger genannt."

„Dann hast du Tante Emmi und mich bei der Stalking-Beauftragten angekündigt?", frage ich.

„In manchen Fällen machen wir das. Wenn wir sichergehen wollen, dass die Sache weiterverfolgt wird."

Eine Weile ist es still. Am Nebentisch lacht jemand.

„Mein Angebot gilt jedenfalls." Ben rutscht auf seinem Stuhl herum. „Wenn du willst, rede ich mit Limo. Auch wenn wir von *SchweresHerz.de* das eigentlich nicht dürfen."

Ich bin noch viel zu überrascht, um zu

antworten. Meine Zunge fährt über meine Lippen, ich schmecke das beißende Salz der Pommes.

„Das ist jetzt vielleicht unpassend …" Ben räuspert sich erneut. „Aber ich würde dich gerne wiedersehen. Wir könnten ins Kino gehen oder so. Natürlich nur, wenn du magst."

Mir jagen tausend Gedanken durch den Kopf. Was habe ich Ben damals alles anvertraut?

„Ich muss erst mal in Ruhe darüber nachdenken", murmle ich.

Abends erreicht mich eine Nachricht ohne Absender.

Es ist ein Foto von Ben und mir beim Pommes-Essen:

anonym: ernsthaft, nina? :-/

5

DER „DIREKTE DRAHT"

Am Montagmorgen schalte ich mein Handy ein und finde 136 neue Nachrichten. Alle ohne Absender, alle natürlich von Limo. Ich lese keine einzige.

Während ich Zähne putze, ziehe ich das Rollo hoch und halte vorsichtig nach Limo Ausschau.

Noch vor wenigen Monaten hat er morgens oft draußen gewartet. Trat ich aus der Tür, blickte er in die andere Richtung. Lief ich zu ihm rüber, brauste er mit seiner Schwalbe davon. Jetzt sehe ich ihn zum Glück nirgends.

Weil die ganze Sache nun wieder von vorne beginnt, habe ich kaum geschlafen. Total übermüdet radle ich zur Schule.

Statt den Klassenraum der 10b zu betreten, warte ich am Kaffeeautomaten auf Paula. Sie trägt enge Jeans, hohe Schuhe und T-Shirt. Ihre Augenringe sind mindestens so dunkel wie meine.

„Mein armer Kopf", jammert sie und drückt mich kurz. „Ich hab den ganzen Sonntag im Koma gelegen und dich abends noch angerufen, aber bloß deine Mailbox erwischt." Kraftlos steckt sie ihre Münzen in den Automaten und drückt einen Knopf.

„Sorry, mein Handy war aus. Wegen Limo", sage ich und setze mich auf einen der Tische. „Es fängt wieder an."

Mit dem Becher in der Hand fährt sie herum. „Was?"

Kurz berichte ich ihr von der Fahrradaktion.

„Diese linke Ratte!" Zornig zieht sie ihre Augenbrauen zusammen. „Sonst hat er doch immer nur angerufen und geschrieben."

Ich seufze. „Neue Nachrichten gibt's auch."

„Zeig!" Paula stellt ihren Becher ab und nimmt mein Handy. Sie tippt mit dem Daumen meinen Code ein.

„So viele? An einem Abend?!", empört sie sich. „Was für eine kranke Scheiße! Und ich dachte, es wäre endlich vorbei."

„Das hab ich auch gehofft."

Paula blättert sich durch meine Nachrichten. Ich will gar nicht wissen, was drinsteht. Vermutlich wieder eine Mischung aus *Ich liebe* dich', ,Komm zu mir zurück' und ,Was bildest du miese Schlampe dir eigentlich ein?'.

Plötzlich grinst Paula breit.

„Oho!", ruft sie und hält mir das Handy unter die Nase. Es zeigt das Foto von Ben und mir beim Pommes-Essen. „Wenn das mal nicht der hübsche Mister Solo ist! Deswegen bist du also am Samstag so schnell verschwunden."

Die Schulglocke läutet zum zweiten Mal. Ich will los, doch Paula hält mich zurück. „Reli kann warten. Du kannst auch bei mir beichten!"

Müde setze ich mich wieder. „Du bist echt unmöglich, Paula!"

„Ich weiß", antwortet sie stolz und vergrößert das Foto. „Mister Solo sieht voll süß aus."

„Er heißt Ben." Während sie an ihrem Kaffee nippt, erzähle ich von der Sache mit SchweresHerz.de.

„Und?" Fragend sieht sie mich an. „Magst du ihn trotzdem?"

„Schon", gebe ich zu. „Aber würdest du dich mit jemandem treffen, der schon so viel über dich weiß?"

Paula zieht eine Schnute. „Keine Ahnung. Wenn er mir gefällt, vielleicht …"

„Also, mir ist das total unangenehm."

„Ein neuer Freund würde dir echt so guttun",
erklärt sie und drückt meine Hand.

„Mag sein. Nur fühlt es sich einfach nicht
richtig an", erwidere ich. „Darum habe ich Ben
gestern Abend nett, aber bestimmt abgesagt. Ich
möchte ihn kein zweites Mal treffen. Es ist mir
zu früh, zu nah, zu alles."

Paula hebt die Augenbrauen. „Und wie hat er
reagiert?"

Ich zeige ihr Bens Antwort.

Hey Nina,
kein Problem. Ich rede trotzdem mal mit Limo.
Und Du meldest Dich einfach, wenn Dir danach ist.
Falls er weiterhin Ärger macht, sag Bescheid. Du hast
ja jetzt den „direkten Draht" ;-)
Ben

„Auch noch ein guter Verlierer, toll", urteilt
Paula. „Und was machst du jetzt? Lässt du dir
trotzdem von ihm helfen?"

„Mal sehen", sage ich unschlüssig. „Es ist
schwer, einen Gefallen von jemandem
anzunehmen, dem du gerade eine Abfuhr erteilt
hast. Vielleicht beruhigt sich Limo ja auch so
wieder."

„Der?" Paula verdreht die Augen. „Du träumst wohl. Weißt du noch, was er damals den Bullen wegen seiner 4.000 Nachrichten gesagt hat?"

„Klar. Er sei sich nicht sicher gewesen, ob die erste SMS bei mir angekommen sei. Ich hätte ja nie geantwortet."

Paula prustet los. „Typisch Limo. Vielleicht nützt es ja tatsächlich, wenn Ben sich die alte Rastalocke mal vorknöpft."

223. Nachricht von anonym: neuer lover? not not not nice

6

POST FÜR MICH

Limo hört nicht auf. Ich erhalte Anrufe, anonyme Nachrichten, das volle Programm.

Am nächsten Tag geht Paula darum nach der Schule mit mir in einen Mobilfunkladen. Sie will, dass ich mir eine neue Nummer besorge. Nur habe ich das bereits zweimal gemacht, ein drittes Mal kann ich mir nicht leisten.

Paula winkt ab. „In einem solchen Notfall müssen sie dir das kostenlos anbieten. Von wegen Kundenservice und so …"

Der Laden ist voll. Überall tatschen Leute fasziniert auf den angeketteten Smartphone-Modellen herum. Nach einer halben Stunde sind wir endlich dran. Doch erst blitzen wir bei der Beraterin ab, dann auch beim Geschäftsführer.

„Bedaure." Der Mann im grauen Anzug schüttelt den Kopf. „Eine neue Nummer ist immer mit Kosten verbunden. Leider gibt es keine Ausnahmen."

„Nicht mal bei Stalking?", hakt Paula ungläubig nach.

Er presst kurz die Lippen aufeinander. „In diesem Fall kann ich euch nur eins raten: Geht zur Polizei."

Ich schlucke. Schon wieder zur Polizei? Das darf ich Tante Emmi nicht antun. Sie ist der geduldigste und warmherzigste Mensch auf diesem Planeten. Aber sobald sie sich aufregt, bekommt sie schwere Atemprobleme. Deshalb habe ich ihr auch nichts von Limos neuen Aktionen erzählt.

Außerdem ist sie der festen Meinung, dass die ganze Sache eigentlich nicht an Limo, sondern an der modernen Technik liegt. Am liebsten hätte sie damals unseren Internetanschluss und sogar meinen Handyvertrag gekündigt.

Nach der Pleite im Mobilfunkladen kommt Paula mit zu mir nach Hause.

„Wie wär's mit Pfannkuchen?", begrüßt Tante Emmi uns und stellt eine dampfende Platte auf den alten Küchentisch.

Weil sie ein wenig rundlich ist, rührt sie selbst nichts davon an. Dabei sieht meine Großmutter für ihre 68 Jahre noch richtig fit aus. Sie trägt kurze graue Haare und war früher Krankenschwester. Heute lebt sie von ihrer kleinen Rente.

Eine Weile lang spricht keiner und die Küchenuhr über der Tür tickt und tickt. Paula zersäbelt mit der Leidenschaft eines Raubtiers gleich zwei Pfannkuchen. Vom Apfelmus bekomme ich erst gar nichts ab. Macht nichts, ich habe ohnehin kaum Appetit.

„Da ist übrigens ein Brief für dich gekommen, Nina." Tante Emmi erhebt sich und holt einen Umschlag aus dem Flur.

Das Schreiben stammt von Pedro Lemke, dem Trainer von *Kickers Kreuzberg*.

Liebe Frau Schlesinger,
*   wir freuen uns, Ihnen den Termin für das Probetraining am 18. Juni um 10 Uhr bestätigen zu dürfen. Bitte seien Sie eine Stunde früher da.*
*   Mit freundlichen Grüßen*
*   Pedro Lemke (Trainer)*

Paula strahlt. „Mensch, klasse! Endlich hast du es schwarz auf weiß!"

Tante Emmi fällt mir um den Hals.

Nur ich kann mich nicht richtig freuen.

Vielleicht habe ich mich ja schon zu tief in meinem Kummer wegen Limo eingerichtet. Dieses schlechte Gefühl ist mir mittlerweile so vertraut wie ein alter Mantel, der auch nach Jahren immer noch passt.

„Und es gibt noch mehr Post." Tante Emmi stellt einen gelben Karton auf den Tisch, während Paula sich einen weiteren Pfannkuchen nimmt.

Ich packe aus und finde Kugelschreiber. Unglaublich viele silberne Kugelschreiber.

Überrascht kritzle ich mit einem davon auf die Tageszeitung. Dann erst sehe ich, dass etwas eingraviert ist:

NINA NICE: HOT SOCCER BITCH

„Kind, wozu brauchst du so viele Stifte?", fragt Tante Emmi verwirrt.

Paula wühlt im Karton herum und fischt eine Rechnung heraus.

„Die ist an dich adressiert", erklärt sie mit vollem Mund. „243,95 Euro! Das sind 500 Kulis!"

„Ich hab die nicht bestellt", beteuere ich. „Das muss ein Irrtum sein."

„Da bin ich aber erleichtert!" Tante Emmi lacht.

„Bestimmt nur so ein blöder Abzocker-Trick", sagt Paula und grinst. „Für so viel Geld hätten sie ja wenigstens deinen Nachnamen richtig schreiben können."

Ich finde das überhaupt nicht witzig. „Und was sollen wir jetzt damit machen?"

„Keine Sorge." Tante Emmi winkt ab. „Wir schicken den ganzen Quatsch einfach zurück."

Ich bin froh, dass sie die Angelegenheit so gelassen aufnimmt. Aber sie weiß ja auch nicht, wer dahintersteckt. Ich dagegen schon.

324. Nachricht von anonym: jetzt kannst du autogramme geben. nice.

7

DER INNERE
BALL-RADAR

Am Freitag habe ich Training. Danach treffe ich mich mit Paula im Café *Muttiblock*. Wir wollen dort für die nächste Mathearbeit üben.

Atilla, unser Trainer, lässt uns erst mal ein paar Runden warm laufen.

Ich renne los, immer schneller und schneller und schneller, bis ich völlig außer Atem auf dem Rasen stehe, die Hände auf die Knie gestützt. Mir ist speiübel.

„Alles in Ordnung?", erkundigt sich Fatima, unsere Stürmerin.

„Klar", keuche ich. „Ich musste mich nur mal abreagieren."

Grinsend klopft sie mir auf die Schulter. „Solange du nicht auf den Rasen kotzt."

Die Mädchen in meinem Verein sind voll in Ordnung.

Fatima lässt sich zur Friseurin ausbilden, Annika macht was mit Schaufenstergestaltung, Katie wird Erzieherin und Snejzana will das Abi schaffen und studieren. Jede von uns hat Probleme. Aber wenn wir auf dem Platz stehen, fliegen alle Sorgen fort.

Bei mir ist das auch so: Beim Sport kann ich alles um mich herum vergessen. Sogar Limo.

Darum stürze ich mich jetzt voll ins Training.

Das Tor ist mein Raum. Ich konzentriere mich nur auf eins: den Ball.

Ich blocke ihn ab, ich fange ihn auf, ich kicke ihn im hohen Bogen ans andere Ende des Platzes. Ich renne, recke die Arme, schreie, mache Zeichen, fliege nach rechts, fliege nach links, lande auf dem Boden, bin am Leben, bin glücklich. Der Ball kommt immer zu mir, doch nur selten in mein Tor.

Keine Ahnung warum, aber ich besitze so etwas wie einen Ball-Radar. Irgendwie weiß ich fast automatisch, woher die Gefahr droht.

Außerhalb des Rasens gelingt mir das leider nicht so gut. Ich kann andere Menschen schlecht einschätzen. Wie bei Limo: Im Gegensatz zum Ball weiß ich bei ihm nie, aus welcher Richtung der nächste Angriff kommt.

Später im *Muttiblock* nimmt Attila mich zur Seite. Er ist nur wenig größer als ich, dafür aber deutlich kräftiger. Früher hat er selbst Fußball gespielt, jetzt drückt er Hanteln.

„Bei dir alles klar?"

„Ja." Ich lege die Hände um mein Teeglas.

Mit seinen kurzen Fingern kratzt er sich am Bart. „Dein Probespiel findet ja bald statt. Wir können mit meinem Wagen zusammen hinfahren."

„Das wäre echt nett", antworte ich.

Attila schaut mich eine Weile stumm an. Dann sagt er: „Deine Probleme. Sie sind wieder da, nicht wahr?"

Woher weiß er das? Ich habe ihm nichts erzählt. Kein Wort!

„Schau nicht so verwundert", sagt er. „Vorhin beim Warmlaufen bist du wie eine Wahnsinnige abgezogen. Da war mir alles klar."

Schweigend drehe ich mein Glas, es klebt an den Fingern.

„Das Probetraining ist superwichtig. Und du hast wirklich hart dafür gearbeitet. Da darf absolut nichts deine Konzentration und Kondition stören. Also kein Alkohol, keine Partys, dafür aber viel Schlaf, einverstanden?!"

„Du kannst dich auf mich verlassen",
verspreche ich.

„Lass dich von deinen Problemen nicht
unterkriegen. Wenn ich dir helfen kann, sag
Bescheid." Attila will gehen, dreht sich aber
noch einmal um. „Das ist deine Chance,
Mädchen. Verkack's nicht."

1209. Nachricht von anonym: mädchen + ballerspiele =
nice

8

PAULA FLIPPT AUS

Wenige Minuten später betritt Paula das Café. Eine Schultasche hat sie nicht dabei, dafür ist sie knallrot im Gesicht.

„Was ist denn los?", wundere ich mich.

„Ich habe dich tausendmal angerufen", herrscht sie mich wütend an. „Aber du gehst ja nie an dein Scheißhandy!"

Erst jetzt sehe ich, dass ihre Wimperntusche verlaufen ist. Sie hat geweint.

„Ich hatte doch Training, da –"

Sie unterbricht mich. „Hast du nicht behauptet, dass du bei *Frienderline* raus bist?!"

„Stimmt ja auch", erkläre ich. „Wieso?"

Wegen Limo musste ich mich nach unserer Trennung beim sozialen Netzwerk *Frienderline* abmelden. Er hatte ständig peinliche und fiese Postings an meiner Pinnwand hinterlassen. Klar, dass ich ihn sofort blockieren musste. Nur konnte ihn das nicht davon abhalten, meinen

Frienderline-Freunden Lügen über mich aufzutischen.

Also habe ich noch einen letzten Kommentar geschrieben und dann mein Profil dort gelöscht.

„Wieso?!" Paulas Stimme überschlägt sich. „Weil deine kackbeschissene Seite wieder da ist!"

„W-was?" Ich greife nach ihrer Hand. Aber sie zieht sie weg, als hätte sie einen Stromschlag bekommen.

Sie fuchtelt mit ihrem Smartphone vor meiner Nase herum. „Du kannst ja mal lesen, was für einen Dreck eine gewisse Nina Schlesinger über mich verbreitet!"

Mittlerweile drehen sich die Fußballmädels zu uns um. Fatima will schon zu mir, doch die anderen halten sie zurück.

Zögernd nehme ich Paulas Telefon in die Hand.

Tatsächlich: Alle meine alten *Frienderline*-Einträge sind wieder sichtbar. Schlimmer noch: Es gibt zahlreiche neue Meldungen, und zwar mit Fotos aus dem privaten Bilderordner auf meinem Computer.

Es sind Aufnahmen, die ich nie im Leben öffentlich zeigen würde: witzige und peinliche Momente, die Paula und ich zusammen erlebt haben. Allerdings ist auf diesen Bildern hier immer nur Paula zu sehen. Und darunter stehen dumme, beleidigende Sprüche. In meinem Namen.

Paula mit einem Riesenpizza-Dreieck:
Nina Schlesinger: warnung: fettsucht kann zum plötzlichen herzstillstand führen.

Paula mit Bier:
Nina Schlesinger: ob ihre eltern von ihrem alk-problem wissen?

Paula mit Kussmund.
Nina Schlesinger: sieh an, die nutte macht sich schon mal warm. nice.

Mein Herz rast. Ich kann nicht weiterlesen.

Wie ist das möglich? So etwas würde ich doch nie schreiben! Und außerdem war doch schon alles gelöscht!

Ich suche verzweifelt nach einer logischen Erklärung, finde aber keine.

„Das sehen nicht nur meine Freunde, sondern auch meine Eltern. Und es wird weiter und weiter geteilt!" Paula beißt sich auf die Lippe,

Tränen laufen ihr übers Gesicht. „Scheiße, ich kann mich nirgends mehr blickenlassen."

Ich schiebe ihr das Telefon wieder zu. „Paula, ich schwöre dir: Ich war das nicht!"

„Schon klar, dass Limo dahintersteckt." Sie holt zitternd Luft. „Weißt du, ich hab dir bei dem ganzen Mist mit ihm immer zur Seite gestanden, Nina. Ich bin ans Telefon, egal wann du angerufen hast. Und ich hab dir zugehört, wenn du wegen diesem Idioten rumheulen musstest. Immer!"

Es macht mich fertig, meine Freundin so verzweifelt zu sehen. Mir steigen jetzt selbst Tränen in die Augen. Nicht nur wegen Paula, sondern weil ich merke, wie ich mehr und mehr die Kontrolle über mein Leben verliere.

Ich wische mir mit dem Ärmel über Mund und Nase. „Sag mir einfach, was ich tun soll, und ich mache es!"

Entschlossen klopft Paula mit ihrem lackierten Fingernagel auf das Handy. „Alles löschen! Jetzt sofort!"

Mit zitternden Händen gebe ich meine Mailadresse und das Passwort ein. Aber es passiert nichts. In meiner Aufregung habe ich mich wohl vertippt.

Ich versuche es gleich noch mal. Und noch mal. Nichts.

„Limo muss mein Passwort geändert haben!" Ich schaue Paula verzweifelt an. „Ich werde es bei *Frienderline* melden."

„Melden, melden. Das habe ich schon gemacht. Das nützt einen Scheiß." Sie schüttelt den Kopf, wirft wütend ihre Haare nach hinten. „Du hättest dich nie auf dieses Arschloch einlassen dürfen."

Dann schnappt sie sich ihr Handy und stürzt aus dem Café.

Voller Panik laufe ich ihr hinterher.

„Mensch, Paula!", rufe ich. „Was soll ich denn jetzt machen? Paula!!"

Ohne sich umzudrehen, antwortet sie: „Du weißt genau, was zu tun ist!"

1477. Nachricht von anonym: Frienderline + dein leben ist fein. nice.

9

HAU AB!

Paula will, dass ich mit Limo rede. Darauf bin ich überhaupt nicht scharf.

Denn eigentlich muss ich Limo und seine Nachrichten ignorieren, sonst fühlt der sich auch noch bestätigt. Aber das ist irre schwer. Zu gerne würde ich es ihm mal so richtig heimzahlen.

Wenn ich seinetwegen nachts wach liege, überlege ich mir, was ich ihm alles um die Ohren klatschen könnte. Damit er sich auch mal so klein und hilflos vorkommt wie ich. Aber dann siegt wieder meine Vernunft.

Trotzdem fahre ich jetzt mit dem Rad zum Stadtpark, um Limo zu treffen. Weil Paula mir wichtig ist. Weil ich meine beste Freundin nicht verlieren möchte.

Wie erwartet sitzt Limo mit Freunden in der üblichen Ecke des Parks auf einem Baumstumpf. Ein kleiner Hund spielt zu ihren Füßen mit einem Stück Holz.

Neben Limo hält ein Mädchen mit minikleinen Zöpfen und Punker-Klamotten eine dicke Zigarette in der Hand. Sie raucht, dann reicht sie das Ding Limo. Mit geschlossenen Augen nimmt er einen tiefen Zug.

Als Limo die Augen wieder öffnet, stehe ich vor ihm. Er hat sich so einen albernen Ziegenbart wachsen lassen. Ansonsten sieht er so entspannt wie immer aus.

„Ich muss mit dir reden", beginne ich und werfe einen nervösen Blick zur Punkerin. Erst jetzt rieche ich den süßen Duft des Marihuanas.

Limo sieht mich gleichgültig an. „Ich muss aber nicht mit dir reden."

Obwohl ich am liebsten abhauen würde, lasse ich nicht locker. „Warum verfolgst du mich?"

Er kratzt sich an der spitzen Nase. „Ich verfolge dich nicht."

Der Hund kommt schnüffelnd zu mir.

„Warum rufst du jeden Tag an?"

„Ich rufe dich nicht an."

Jede Antwort ist ein Echo meiner Frage. Genervt balle ich meine Hände.

„Und die Nachrichten?"

Limo bückt sich nach einer Bierdose. „Ich schreibe keine Nachrichten."

Dass er mich so auflaufen lässt, weckt meine Wut. „Du hast keine Ahnung, was dein Psychoterror mit mir macht!" Meine Stimme ist laut, fast heiser.

Sofort beginnt der Hund zu bellen.

Nun wird auch Limo wütend. „Und du hast keine Ahnung, was ich seit unserer Trennung durchmache!"

Der Hund kläfft und kläfft.

„Ey, du Ische, verpiss dich", schnauzt mich die Punkerin an. „Siehst du nicht, dass du dem Scheißköter Angst machst?"

„Tolle Freunde hast du", gifte ich Limo an.

„Tja, immer noch besser als deine." Er trinkt einen Schluck. „Dein Neuer ist wohl ein ganz harter Bursche, was?"

Mein Neuer? Es dauert einen Moment, bis mir klar wird, dass er Ben meint.

Mein Beschützer von *SchweresHerz.de* hat also offensichtlich Wort gehalten und mit Limo gesprochen. Wenigstens einer, auf den Verlass ist.

„Und dann noch deine anderen Freunde." Limo schlägt sich gegen die Stirn. „Ernsthaft, Nina, die Bullen? Stehen vor meiner Tür, labern ihren Blabla-Scheiß und dass ich mit auf die

Wache muss, wenn ich nicht aufhöre! Kacke. Die sind in mein Zimmer, haben dort das Zeug von meinem Kumpel Mike entdeckt und jetzt habe ich auch noch 'ne Anzeige wegen Hehlerei an der Backe. Meine Mutter ist ausgerastet!"

Er springt auf, ich weiche automatisch zurück. „Vielen Dank auch. Kannst wirklich stolz auf dich sein, du Scheißheilige."

Das mit der Anzeige wegen Hehlerei wusste ich nicht. Trotzdem tut mir Limo nicht leid, überhaupt nicht. Immerhin begreife ich langsam, wofür er sich an mir rächen will. „Schreibst du mich deshalb dauernd an?"

„Du bekommst also Nachrichten, na und?", faucht er. „Steht da vielleicht irgendwo mein Name drunter? Jeder Vollassi kann dir Nachrichten schicken!"

„Genau", mischt sich die Punkerin ein.

Ich beachte sie gar nicht. Was für ein komplett sinnloses Gespräch! Besser, ich gehe.

Vorher will ich nur noch eine Sache loswerden: „Dass du mich mit deinem Dreck bombardierst, ist schon schlimm genug. Aber Paula hat mit der Sache nichts zu tun. Den Scheiß mit ihr musst du rückgängig machen!"

Limo setzt sich wieder auf den Baumstumpf.

Plötzlich wirkt er nachdenklich. „Ich habe Paula immer gemocht", sagt er. „Wenn die was von mir will, dann soll sie selber kommen."

Er schaut mich ernst an. „Und jetzt lass mich in Ruhe. Hau ab! Hau einfach nur ab!"

1539. Nachricht von anonym: warum kommst du nicht einfach zu mir zurück? du + ich. forever. DAS wäre echt nice.

10

DAS MATHE-LECK

Nach meinem Treffen mit Limo im Stadtpark bin ich so ratlos, dass ich mich doch bei Ben melde. Zwar ist es mir sehr peinlich, ihn wegen des Paula-Problems um Hilfe zu bitten. Aber was bleibt mir anderes übrig?

„Mach dir keine Sorgen", beruhigt er mich am Telefon. „Ich rufe den Jugendschutzbeauftragten von *Frienderline* an. Den kenne ich von einem Treffen in München."

Ben reagiert wirklich total nett. Falls er immer noch in mich verknallt ist, lässt er sich das nicht anmerken. Er will mir einfach bloß helfen, ohne eine Verabredung als Gegenleistung zu erwarten.

Einen Tag später ist meine falsche *Frienderline*-Seite tatsächlich weg. Für eine Weile herrscht Ruhe und ich atme auf.

Am Montag regnet es so heftig, dass Paula und ich die Räder stehenlassen und mit der U-Bahn zur Schule fahren.

Kaum sind wir eingestiegen, umarmt Paula mich so fest, dass ich fast keine Luft mehr bekomme. Ich bin echt erleichtert, dass wir uns wieder vertragen.

„Mister Solo hat also mit Limo geredet und die *Frienderline*-Sache geklärt?", will sie wissen.

„Ben", verbessere ich sie wieder. „Sieht so aus. Seit Freitag herrscht jedenfalls Funkstille." Dann seufze ich, weil ich ahne, dass Limo bestimmt gerade etwas Fieses ausheckt.

Als wir in der Schule ankommen, winken mir ein paar unserer Mitschüler grinsend zu. Einer klopft mir sogar auf die Schulter.

„Was haben die denn?", frage ich Paula.

„Vielleicht hat sich die Sache mit *Kickers Kreuzberg* herumgesprochen."

Das bezweifle ich. Bisher hat sich hier keiner für meine Fußballerfolge interessiert.

Die Mathearbeit steht erst in der dritten Stunde an. Sonst herrscht an solchen Tagen immer schon morgens eine starke Anspannung in der Klasse. Kein Wunder, denn Frau Werners Arbeiten sind berüchtigt.

Aber heute herrscht eine eher ausgelassene Stimmung, und als wir das Klassenzimmer betreten, applaudieren alle.

Unser Klassenlehrer Herr Palmer erscheint zehn Minuten zu spät. Im Gegensatz zur Werner ist der quirlige Glatzkopf sehr beliebt. Manchmal bringt er Kuchen mit oder liest uns in Deutsch Kurzgeschichten vor. Doch jetzt wirkt er gestresst.

„Nina, kommst du mal mit raus?", fragt er ernst. Draußen erklärt er mir, dass die Direktorin mich sehen will.

Verwirrt folge ich ihm zu Frau Hanssens Büro.

Dort wartet nicht nur die große, blonde Direktorin auf mich, sondern auch unsere strenge Mathelehrerin. Ich entdecke sogar Marina, unsere Klassensprecherin, Schülervertreterin und Oberstreberin. Ohne mir in die Augen zu sehen, schlüpft sie aus dem Raum.

Ein Stuhl bleibt frei. Aber ich weiß nicht, ob ich mich setzen darf.

Frau Hanssen schiebt ein Blatt Papier über den Tisch. „Kommt dir das bekannt vor?"

Ich werfe einen Blick drauf. Es sind Matheaufgaben. „Nein."

„Beachte das Datum oben."

Allmählich begreife ich. „Ist das …?"

„… die Mathearbeit von heute", ergänzt Frau Werner mit schneidender Stimme.

Sie legt zwei weitere Zettel auf den Tisch. „Und hier sind die Aufgaben für die Parallelklassen für morgen und übermorgen."

Entgeistert schaue ich sie an.

„Marina war so freundlich, mir heute früh diese Blätter zu überreichen. Sie hat sie zu Hause … ausgedruckt."

„Zu Hause?", wundere ich mich. „Wie ist sie denn da rangekommen?"

„Ganz einfach, Nina." Frau Hanssen starrt mich streng an. „Du hast Frau Werners Rechner gehackt und die Aufgaben dann Marina zugemailt. Und nicht nur ihr, sondern auch allen anderen Schülern."

Mir klappt die Kinnlade herunter.

Frau Hanssen zeigt mir einen weiteren Ausdruck. „Diese Mail ist doch von dir."

hei folks!
damit dürften die arbeiten diese woche keine große sache werden. im anhang die aufgaben und lösungen.
eure nina nice

Mir wird schlecht. Gibt Limo erst Ruhe, wenn er mich völlig zerstört hat?

„Das war ich nicht!", beteure ich.

„Aber das ist doch eindeutig deine E-Mail-Adresse, oder?", hakt Frau Hanssen nach.

Ich nicke. Limo hat es wieder mal geschafft. Wie oft soll ich noch mein Passwort ändern?

„Ich kann überhaupt nicht hacken", versuche ich mich zu verteidigen.

„Du vielleicht nicht", mischt sich nun Herr Palmer ein. „Aber Marina hat uns erzählt, dass dein Freund sich mit Computern auskennt."

„Exfreund. Wir sind seit einem halben Jahr getrennt." Ich wende mich an Frau Werner. „Ich hab wirklich nichts damit zu tun. Warum sollte ich so etwas Bescheuertes machen? Ich bin doch in Mathe ganz gut."

„Vermutlich aus Angst vor dem echten Leben!", giftet die Werner. „Ihr sucht im Netz nach Anerkennung und schreckt vor nichts zurück. Das ist doch krankhaft!"

„Beruhige dich, Elsbeth", schaltet sich wieder Herr Palmer ein. „Ich kenne Nina. So eine Tat traue ich ihr eigentlich nicht zu."

„Wer soll es dann gewesen sein?"

Ja, wer dann?

11

ANZEIGE ZWECKLOS

Herr Palmer muss zurück in die Klasse. Auch
Frau Werner verlässt den Raum. Frau Hanssen
will mich alleine sprechen.

Sie erkundigt sich nach Limo. Ich bin total
froh, dass sie mir eine Chance gibt, und erzähle
ihr alles: von der Trennung, von der Anzeige bei
der Polizei und von den neuen Attacken.

Dann zeige ich ihr mein Handy.
Kopfschüttelnd liest Frau Hanssen Limos
Nachrichten.

„Wir sollten ihn wegen der Mathe-Sache
anzeigen", erklärt sie schließlich. „Uns fehlen
allerdings Beweise."

Die Direktorin steht auf, geht zum Fenster,
kehrt zum Tisch zurück, setzt sich wieder.

Schließlich räuspert sie sich. „Ich kenne so
etwas. Vor drei Jahren hat ein Stalker eine
Kollegin gequält. Im Gegensatz zu dir wusste sie
nicht, wer dahintersteckt."

Sie spielt nervös mit einem Stift. „Tag und Nacht Anrufe, Nachrichten. Der Stalker hat in ihrem Namen Versicherungen abgeschlossen, Flüge gebucht und sogar ihre Kündigung an das Schulamt geschickt. Sie ist für ein halbes Jahr ausgefallen. Die Polizei konnte ihr nicht helfen. Sie hat ihre Nummer mehrfach gewechselt und ist sogar aufs Land in eine alte Mühle gezogen. Aber dort wartete schon ein Blumenstrauß vom Stalker. Es gab kein Entkommen."

„Warum erzählen Sie mir das alles?"

„Niemand kann mit so einer Belastung auf Dauer alleine fertig werden." Sie kritzelt etwas auf einen Zettel. „Das ist ein sehr guter Therapeut. Er hat der Kollegin geholfen."

Frau Hanssen gibt mir den Rest des Tages frei.

Auf dem Schulhof hole ich mein Handy heraus. Ich brauche keinen Psycho-Heinz, denn ich habe ja Ben.

Geduldig hört er mir zu.

„Ich rufe meinen Freund bei der Polizei an", verspricht er, als ich fertig bin. „Der soll Limo einen Besuch abstatten. Vielleicht bringt ihn jemand in Uniform endlich zur Vernunft."

Am selben Tag ändere ich alle meine Passwörter. Wieder einmal.

12

WEIHNACHTEN IM JUNI

Limo weiß natürlich, dass ich wegen ihm mein Handy kaum noch benutze. Er findet neue Wege, um mir das Leben zur Hölle zu machen.

Ein paar Tage später in der Schulkantine zeigt mir Paula ein Foto auf ihrem Smartphone.

Ich erkenne mein Zimmer: das Bett mit der Fahne von *Kickers Kreuzberg* an der Wand und mein Fußball-Mobile.

„Wozu hast du das denn gemacht?", frage ich verwundert.

„Hab ich nicht. Das wurde mir gerade geschickt!"

Sie zieht das Bild mit zwei Fingern größer. Unter dem Foto steht ‚*nice*' mit Datum und Uhrzeit. „Das wurde vor fünf Minuten aufgenommen!"

Ich schlucke. „Dann ist Limo in meinem Zimmer? Jetzt?"

Paula nickt mitleidig. „Sieht ganz so aus."

Wie eine Verrückte schwinge ich mich auf mein Rad und rase nach Hause. Paula soll mich im Sekretariat wegen ‚plötzlicher Übelkeit' entschuldigen.

Normalerweise brauche ich gute 20 Minuten, diesmal bin ich deutlich schneller.

An der Haustür kommt mir der Paketbote entgegen. Ich versuche einen Bogen um ihn zu machen, doch er stellt sich mir mit einem Stapel Pappboxen in den Weg.

„Können Sie die hier annehmen? Sind alle für Sie."

„Keine Zeit", keuche ich. Dann stutze ich. „War denn meine Großmutter nicht da?"

„Doch, aber sie verweigert die Annahme."

Auf den Paketen mit den ‚Vorsicht, zerbrechlich'-Aufklebern steht tatsächlich mein Name. Dem Absender nach zu urteilen ist Weihnachtsdeko drin.

„Ich habe nichts bestellt", erkläre ich verwirrt.

Da platzt dem Mann der Kragen. „So langsam finde ich das nicht mehr witzig. Seit Tagen schleppe ich irgendeinen Mist in den vierten Stock und dann heißt es: *Annahme verweigert.* Sucht euch gefälligst ein anderes Hobby."

Ich weiß nicht, was er damit meint. Weil ich es eilig habe, lasse ich ihn einfach stehen und renne die Treppen hoch.

Oben schließe ich auf und stürme sofort in mein Zimmer. Keine Spur von Limo.

„Wieso bist du schon so früh zu Hause?", wundert sich Tante Emmi. Sie sitzt in der Küche.

Ich antworte nicht, sondern frage: „War jemand in meinem Zimmer?"

„Ja, ich. Anders kann ich deine schmutzigen Sportklamotten nicht waschen."

„Ich meine, jemand Fremdes?"

Sie schüttelt den Kopf. „Wen hast du denn erwartet? Den Papst?"

„War sonst irgendeiner hier?", verhöre ich sie weiter. Vielleicht hat sich Limo verkleidet – ich traue ihm einfach alles zu. „Der Heizungstyp oder vielleicht ein Stromableser?"

„Kein Mensch!" Tante Emmi atmet plötzlich angestrengt. Mein heftiger Ton muss sie erschreckt haben. „Was soll die Aufregung?"

Da mir nichts Beruhigendes einfällt, versuche ich es mit der Wahrheit. „Limo hat vor einer halben Stunde ein Foto von meinem Zimmer gemacht und es an Paula geschickt."

„Das hätte ich doch mitbekommen, wenn Limo hier aufgetaucht wäre." Tante Emmi kommt ein Verdacht. „Dann steckt er also hinter den Kugelschreibern und den anderen Päckchen?"

Ich muss an den wütenden Paketboten denken. „Welche anderen Päckchen?"

Sie winkt ab. „Knieschoner, Diätpulver und bedruckte Tassen. Aber wirklich erschreckt hat mich nur die Babykleidung."

Fassungslos starre ich sie an. „Und was hast du mit dem ganzen Zeug gemacht?"

„Anfangs habe ich es brav zur Post getragen. Aber jetzt lasse ich alles gnadenlos an der Tür zurückgehen."

Dass Tante Emmi vor mir etwas geheim hält, überrascht mich. „Warum hast du mir nie davon erzählt?"

„Ach Kind. Dein Leben ist doch schon schwierig genug, so ohne Eltern." Dann lächelt sie. „Du erzählst mir etwas, wenn du es mir erzählen willst. Und ich erzähle dir etwas, wenn ich es dir erzählen will. So habe ich es immer gehalten."

Wir nehmen uns fest in den Arm.

Als ich sie wieder loslasse, sieht sie mich ernst

an. „Heißt das also, dass alles wieder von vorn beginnt mit Limo?"

„Schlimmer. Er ist schon mittendrin." In wenigen Sätzen erzähle ich Tante Emmi das Nötigste. Von der Party, von Paula, von der Mathearbeit.

„Gütiger Himmel", sagt sie japsend. „Ich weiß nicht, ob ich ... das noch einmal durchstehe."

Die Sache setzt ihr zu. Genau das wollte ich vermeiden.

Ich bringe ihr das Atemspray. Sie stülpt die Lippen über das Mundstück, drückt kurz und holt gleichzeitig tief Luft.

Nachdem sie sich ein wenig beruhigt hat, fragt sie: „Was sollen wir jetzt ... unternehmen?"

„Mach dir keine Sorgen", versuche ich sie zu besänftigen. „Ich kenne jemand, der mir hilft. Er arbeitet bei *SchweresHerz.de* und hat einen Freund bei der Polizei. Er kümmert sich."

2012. Nachricht von anonym: dein neuer bh ist saugeil. passt zum slip. echt nice.

13

GEH RUHIG RAN

Am Sonntag spielt meine Mannschaft gegen einen kleinen Verein. Allerdings sind wir nicht sonderlich gut. Mit 0:0 gehen wir vom Platz.

Ben war einer der wenigen Zuschauer am Spielfeldrand. Er hatte mich extra vorher gefragt, ob es okay ist, wenn er kommt.

Nachdem ich mich umgezogen habe, begrüßen wir uns mit einer kurzen Umarmung. Ben trägt das Hope-Solo-Trikot, und ich freue mich ihn zu sehen. Seit unserem ersten Treffen hatten wir ja nur telefoniert.

„Ich wünschte, du hättest ein besseres Spiel gesehen", murmle ich missmutig.

„Ach, mir hat's ganz gut gefallen", sagt er. „Wenn du im Tor stehst, siehst du aus wie eine Kriegerin, die die Pfeile und Speere der Angreifer abwehren muss."

„Du übertreibst." Lachend senke ich den Blick. „Ich spiele nur Fußball."

„Ja, aber das sehr gut. So kampfbereit, so konzentriert. Ich bin beeindruckt. Ehrlich."

Langsam schlendern wir am Kanal entlang Richtung *Fritzi*. Die Sonne scheint und spiegelt sich glitzernd auf dem Wasser. An Bens Seite verspüre ich keinerlei Bedürfnis, mich umzusehen, ob Limo irgendwo lauert.

Noch immer bin ich erleichtert, dass sein mieser Plan mit dem Mathe-Hack misslungen ist. Frau Hanssen hat mir am Freitag noch mal versichert, dass sie auf meiner Seite steht. Und sie überlegt jetzt doch, rechtliche Schritte gegen Limo einzuleiten.

„Ich kann das nur unterstützen", erklärt Ben im *Fritzi*. „Das wird zwar nicht leicht, aber je mehr bei der Polizei gegen Limo vorliegt, desto besser stehen die Chancen, ihn zu stoppen."

Mit einem Grinsen bestellt er zweimal Pommes mit Erdnusssoße und Zwiebeln.

„Danke, dass du deinen Freund auf die Sache angesetzt hast."

Ben nippt am Milchkaffee. „Von mir war dein Limo ja nicht besonders beeindruckt. Ich habe ihm zwar klar die Meinung gesagt, aber das ist einfach an ihm abgeperlt."

„Limo ist eben alles scheißegal."

„Alles außer dir", berichtigt mich Ben. „Limo ist nicht mal auf die Wache gekommen, als mein Freund ihn einbestellt hat. Darum haben sie ihn gestern zu Hause aufgesucht. Zu zweit. Das fand seine Mutter nicht so toll."

„Geschieht ihm ganz recht", erkläre ich. „Wenn ich daran denke, was er nicht nur mir, sondern auch Tante Emmi antut, kann ich kein Mitleid empfinden."

Ich erzähle Ben von Limos Bestellungen in meinem Namen.

Er nickt. „Aber das alles lässt sich Limo nur schwer nachweisen."

„Damit klappt es vielleicht." Ich beuge mich zu meiner Sporttasche und fische ein T-Shirt heraus. Es zeigt eine Frau mit riesigen Brüsten, die sich übertrieben sexy in einem Fußballtor rekelt. In einer Fotomontage wurde ihr Gesicht durch meins ersetzt.

Das Päckchen mit dem T-Shirt lag Freitagnachmittag vor unserer Tür.

Ben seufzt. „Das beweist leider nur eins: dass Limo ein unfassbarer Riesenidiot ist. Dieses T-Shirt kann jeder in deinem Namen bestellt haben."

„Und was ist mit seinem Rechner oder dem

Handy?", frage ich verzweifelt. „Darauf müssten doch die Verbindungen zu mir zu sehen sein."

„Nicht zwingend. Mein Freund hat jedenfalls nichts Verdächtiges gefunden. Sieht so aus, als ob dein Limo seine Spuren gut verwischen kann."

„Sag doch nicht dauernd *dein Limo*."

Ben verzieht den Mund. „Entschuldige bitte."

„Weißt du, was richtig fies ist? Dieser Typ bekommt in seinem Leben absolut nichts auf die Reihe. Aber in Sachen Stalking ist er ein echtes Genie."

„Nun ja, wie ein Genie kam er mir eigentlich nicht vor. Und gerade Menschen, die kein richtiges Ziel haben, finden dann im Quälen von anderen eine Aufgabe. Wichtig ist, dass du trotzdem versuchst Beweise zu sammeln." Plötzlich hält er inne. „Warte, ich habe noch was für dich." Er legt ein Smartphone auf den Tisch.

Erstaunt sehe ich ihn an. „Das geht doch nicht."

Er spielt sein Geschenk herunter. „Zu Hause habe ich noch mehr von diesen alten Gurken. Das einzig Neue daran ist die SIM-Karte. Prepaid."

„Danke." Ungläubig betrachte ich das Telefon. „Aber wozu soll das gut sein?"

„Diese Nummer hat Limo garantiert nicht." Ben lächelt. „Dann hast du deine Ruhe. Damit du dich ungestört auf das Probetraining vorbereiten kannst."

Ich greife nach dem Telefon, doch Ben legt seine Hand drauf. So berühren sich unsere Finger.

„Überlege gut, wem du diese Nummer gibst", warnt er. „Je weniger Leute sie haben, desto besser."

In diesem Moment vibriert mein altes Handy. Ich entziehe Ben meine Hand und schaue aufs Display. ‚Unbekannter Anrufer', lese ich und zögere.

„Geh ruhig ran", meint Ben sanft. „Ich glaube nicht, dass es Limo ist. Das Gespräch mit der Polizei gestern steckt ihm sicher noch in den Knochen."

„Kind?", höre ich Tante Emmis Stimme. Sie klingt aufgeregt. „Kind, die Polizei ist hier."

„Wegen Limo?!"

„N-nein", antwortet Tante Emmi. „Sie sagen, wegen dir."

2378. Nachricht von anonym: loserin! frauen können's einfach nicht

14

ICH WAR'S NICHT

In meiner Straße parkt ein Streifenwagen.

Ben hat mich nach Hause gebracht und will mich nach oben begleiten. Aber ich halte das für keine gute Idee, also fährt er davon.

Bei uns im Flur erwarten mich nicht nur ein Polizist und eine Polizistin, sondern auch Frau Hanssen. Die Schulleiterin macht ein ernstes Gesicht. Als sie mich sieht, versteinert es geradezu.

Die Polizistin erklärt mir, dass gegen mich eine Anzeige vorliegt.

Zuerst denke ich, ich habe mich verhört. Dann sehe ich, wie blass Tante Emmi ist.

„Eine Anzeige?", wiederhole ich lahm. „Wieso?"

Doch ich bekomme keine Antwort. Stattdessen wendet sich der Polizist an mich. „Kann ich mal deinen Rechner sehen?"

Ich führe ihn in mein Zimmer. Das Notebook

liegt zusammengeklappt auf meinem
Schreibtisch.

Wir warten eine Ewigkeit, bis das alte Ding
endlich hochgefahren ist. Ich hab den Computer
gebraucht gekauft, für 150 Euro.

„Bitte starte jetzt *Frienderline*."

„Ich bin da längst abgemeldet", sage ich,
während ich die Website aufrufe. So langsam
habe ich eine dunkle Ahnung, was hier läuft.
„Aber kürzlich hat sich jemand in meinem
Namen wieder angemeldet und dann üble Dinge
verbreitet."

„Bitte logge dich ein."

„Aber ich komm da gar nicht mehr rein, weil
diese andere Person meinen Zugang geändert
hat."

Trotzdem gebe ich auf gut Glück mein altes
Passwort ein. Zu meiner Überraschung öffnet
sich meine Seite. Oder besser gesagt die Seite,
die jemand in meinem Namen mit Fotos und
Einträgen versieht.

Ich brauche eine Weile, bis ich etwas auf den
Fotos erkenne: Eine Frau steigt in ein Auto,
dieselbe Frau steigt aus dem Auto, die Frau
schiebt im Supermarkt einen Einkaufswagen, die
Frau verlässt eine alte Mühle.

Diese Frau ist unsere Schulleiterin.

Unter den Bildern stehen so merkwürdige Kommentare wie:

Nina Schlesinger: hoffentlich bekommt die hansi nicht schon wieder einen nervenklaps.

Da fällt mir die Geschichte ein, die Frau Hanssen mir erzählt hat. Und ich begreife, dass keine Kollegin, sondern die Direktorin selbst das Stalking-Opfer war.

Langsam entsinne ich mich auch, dass sie vor einem Jahr für längere Zeit nicht in der Schule war. Damals wurde uns erzählt, sie mache einen Bildungsurlaub. Und nun wird ihre wahre Geschichte in meinem Namen überall herumposaunt.

Kein Wunder, dass sie mich vorhin so kalt angesehen hat.

Der Polizist verlangt mein Passwort, schreibt es auf und klappt den Rechner zu. „Ich brauche noch dein Handy. Wir nehmen alle Geräte mit."

„Frau Hanssen", rufe ich im Flur. „Ich habe nichts damit zu tun. Das schwöre ich Ihnen!"

Aber sie schweigt.

Stattdessen sagt die Polizistin: „Sobald wir die

Beweise gesichtet haben, kannst du Rechner und Handy wieder abholen."

„Und wie lange soll das dauern?"

„Neun bis zwölf Monate. In Sachen Computerkriminalität haben wir viel zu tun."

„Um die Geräte geht es mir gar nicht." Es ist mir wichtig, dass sie das versteht. „Ich möchte nur so schnell wie möglich meine Unschuld beweisen."

„Das kannst du auf der Wache. Komm bitte morgen oder übermorgen früh." Die Polizistin reicht mir eine Karte.

„Morgens kann ich nicht. Ich gehe noch zur Schule."

„In dieser Hinsicht brauchst du dir keine Sorgen zu machen, Nina", erklärt Frau Hanssen eisig. „Bis auf Weiteres bist du vom Unterricht ausgeschlossen."

Mir bleibt zum Glück immer noch Bens Prepaid-Handy. Ich überlege, ob ich ihn gleich anrufe, entscheide mich aber für ein Gespräch mit Paula.

Meine beste Freundin ist geschockt, als ich ihr alles erzähle. Bevor wir auflegen, speichert sie die neue Nummer ab.

Anschließend kümmere ich mich um Tante Emmi.

Sie glaubt mir zwar, dass ich nicht hinter Frau Hanssens Fotos stecke. Aber das Ganze nimmt sie doch sehr mit. Seit ich sie wegen dieser Aufnahme von meinem Zimmer so angeblafft habe, bekommt sie immer schlechter Luft.

Nachdem alle fort sind, geht ihr Atem so schwer wie bei einem Asthma-Anfall. Da es trotz Atemspray nicht besser wird, legt sie sich hin.

Kurze Zeit später klingelt es an der Haustür.

Als ich den Hörer der Gegensprechanlage abhebe, dringt Limos Stimme an mein Ohr. „Mach auf. Ich muss mit dir reden."

Ich bin über seine Dreistigkeit so erbost, dass ich den Hörer auf die Gabel knalle. Er rutscht herunter und schwingt am Kabel hin und her.

Doch Limo klingelt immer weiter.

Am Ende hole ich einen Stuhl und klemme ein Taschentuch zwischen Klöppel und Glocke. Die Klingel brummt nun kaum noch hörbar. Danach lösche ich das Licht und lege mich auf mein Bett.

Wenig später prasseln kleine Steinchen gegen mein Fenster.

Als ich hinausschaue, steht Limo unten und

macht komische Zeichen. Kurz darauf ertönt ein mir unbekannter Klingelton. Es dauert einen Moment, bis ich begreife, dass es das Handy von Ben ist.

Die Nachricht lautet:

jetzt weißt du wie sich polizei anfühlt. nice, nicht wahr?

Erschrocken lasse ich das Smartphone fallen.

Woher hat Limo diese Nummer? Nur Ben und Paula kennen sie. Und noch eine Frage quält mich: Wie kann Limo von meinem Gespräch mit Frau Hanssen wissen?

Ich kann ihm einfach nicht entkommen.

Weil ich nicht allein sein will, lege ich mich zu Tante Emmi ins Bett. Sie schläft. Wie früher rolle ich mich unter ihrer Decke zusammen und atme ihren vertrauten Geruch ein. Omageruch.

Ihr Atem rasselt die ganze Nacht.

15

PAULA HAT EINEN PLAN

Vom Geruch nach Kaffee und gebratenen Eiern wache ich auf. Das Bett neben mir ist leer.

Ob es Tante Emmi besser geht?

Der Wecker auf dem kleinen Nachttisch zeigt bereits zehn nach zehn. So fest habe ich schon seit Ewigkeiten nicht mehr geschlafen. Aufstehen möchte ich aber trotzdem nicht. Lieber würde ich mich weiter unter Tante Emmis Decke verkriechen, um allem Ärger zu entfliehen.

Aus der Küche höre ich Stimmen. Jetzt klettere ich doch aus dem Bett.

Paula sitzt mit Tante Emmi am Tisch und schiebt sich gerade einen mächtigen Happen Rührei auf Schwarzbrot in den Mund.

„Musst du nicht in der Schule sein?", frage ich sie erstaunt.

„Geht leider nicht." Grinsend leckt sie die

Butter von den Fingern. „Hab totale Bauchschmerzen." Sie spült mit Kaffee nach. „Das ist so lecker, Tante Emmi", schwärmt sie. „Willst du mich nicht adoptieren?"

Das ist ein uralter Witz zwischen den beiden. Aber Tante Emmi kann heute nicht darüber lachen. Bedrückt umklammert sie mit beiden Händen ihre Tasse. Daneben steht ihr Spray.

„Willst du auch etwas frühstücken, Kind?", fragt sie. Ihr Atem klingt einigermaßen normal.

Ich schüttle den Kopf.

„Gestern nach unserem Gespräch hab ich sofort Limo angerufen. Aber der Mistkerl lügt, wenn er nur den Mund aufmacht." Paula verzieht das Gesicht. „Erst behauptet er, dass er dir keine Nachrichten geschickt hat. Und mit den *Frienderline*-Einträgen über mich will er natürlich auch nichts zu tun haben. Dann erklärt er mir, dass du diejenige bist, die ihn nicht in Ruhe lassen kann. Schließlich bist du zu ihm in den Stadtpark gekommen. Und dann hat er einfach aufgelegt." Sie beißt in ihr Brot. „Der Typ ist so dreist!"

Ich will Paula von Limos Auftritt gestern Abend erzählen, halte mich aber zurück. Ich darf Tante Emmi nicht noch mehr aufregen.

Die Kaffeemaschine gibt ein knackendes Geräusch von sich. Tante Emmi tippt mit dem Zeigefinger Krümel vom Tisch und streift sie an ihrem Teller ab. „Erinnerst du dich noch an unseren Besuch auf der Polizei, Nina?"

Ich nicke.

„Damals hat uns diese Polizistin erklärt, dass wir sehr geduldig sein müssten. Und dass Stalker in der Regel den längeren Atem besitzen." Sie wirft mir einen müden Blick zu. „Nach der gestrigen Geschichte habe ich keine Geduld mehr. Darum habe ich heute Morgen einen Anwalt kontaktiert. Das hätte ich vielleicht schon längst machen sollen."

Verwundert schenke ich mir Kaffee ein. „Aber kostet das nicht einen Haufen Geld?"

Ein Lächeln huscht über ihr Gesicht. „Der Mann ist eine verflossene Liebe von mir. Das kostet mich keinen Cent, nur Überwindung."

Sie steht auf und schiebt Paula das restliche Ei aus der Pfanne auf den Teller. „Rudolf ist ein erfahrener Strafrechtler. Aber er konnte mir nicht viel Hoffnung machen. Bei uns in Deutschland ist die Rechtslage für Stalking-Opfer wohl ganz schön rückständig und ungenau. Selbst mit Beweisen bleibt es schwierig."

„Und was jetzt?", frage ich ratlos. „Wir können rein gar nichts machen. Und Limo lässt sich bestimmt schon die nächste Schweinerei einfallen."

Da schlägt Paula mit der Hand auf den Tisch. „Wer sagt eigentlich, dass wir nichts unternehmen können?"

Ungläubig schaue ich sie an. „Was willst du denn tun? Den kleinen Limo ohne Abendessen ins Bett schicken?"

„Viel besser." Sie strahlt. „Ich klaue sein Handy. Dann haben wir endlich einen Beweis für die Polizei. So einfach ist das."

„Du spinnst doch!"

„Wieso?" Lächelnd schiebt sie sich das letzte Stück Rührei in den Mund. „So ein Handy purzelt schnell mal aus Versehen in meine Tasche."

„Das ist doch Diebstahl!", wendet Tante Emmi ein.

„Schon möglich, aber habt ihr zwei eine bessere Idee?"

2654. Nachricht von anonym: denkst du manchmal an unseren ersten kuss? du schmeckst mir so.

16

DU KENNST SIE NICHT

Nachdem Paula sich auf den Weg zum Stadtpark gemacht hat, rufe ich Ben an. Ich erzähle ihm von dem Vorfall mit Frau Hanssen und von Limos Besuch gestern Abend. Von Paulas Plan sage ich nichts.

„Wie ist Limo denn an die neue Nummer geraten?", fragt Ben überrascht.

„Ich habe nicht den leisesten Schimmer", gestehe ich. „Außer Paula hab ich sie niemand gegeben."

„Was ist mit deinem Trainer oder jemand aus dem Verein?"

„Nein, keinem."

„Und deiner Großmutter?"

„Auch nicht. Dazu bin ich ehrlich gesagt noch gar nicht gekommen."

Eine Weile schweigt Ben. „Es muss also Paula sein", stellt er nüchtern fest. „Nur sie kann Limo die Nummer gegeben haben!"

„Paula?! Das würde sie nie machen!", protestiere ich.

„Es gibt aber keine andere Erklärung."

„Du kennst Paula nicht", rufe ich genervt. „Sie ist meine allerbeste Freundin!"

„Ich will mich nicht mit dir streiten, Nina", sagt er. „Ich bin die nächsten Tage in Köln, aber ich werde meinen Freund bei der Polizei von unterwegs anrufen."

Als wir auflegen, habe ich das Gefühl, dass Ben sauer auf mich ist. Doch dass ich meine beste Freundin in Schutz nehme, versteht sich ja von selbst. Hoffentlich klappt ihr Plan mit Limo.

Um nicht die ganze Zeit darauf zu warten, bis Paula sich meldet, helfe ich Tante Emmi. Ich beziehe die Betten neu, lege trockene Klamotten zusammen, hänge nasse Wäsche auf und putze das Bad. Dabei geht mir die Sache mit der Telefonnummer nicht aus dem Sinn. Zu gerne würde ich wissen, wie Limo sie sich verschafft hat.

Als sich Tante Emmi nachmittags noch mal hinlegt, knöpfe ich mir mein Zimmer vor. Ich sortiere alte T-Shirts und Pullis aus, putze sogar meine Schuhe und räume anschließend meine Schreibtischschubladen auf. Dabei kontrolliere ich immer wieder Bens Prepaid-Handy. Aber Paula hat sich noch nicht gemeldet.

Nachdem ich auch noch sämtliche Stifte gespitzt habe, schicke ich ihr eine Nachricht. Ich will nur wissen, ob alles okay ist.

Als sie nicht reagiert, rufe ich sie an. Aber sie drückt mich sofort weg.

Das kommt mir dann doch ein wenig seltsam vor. Allmählich breitet sich Bens Verdacht wie ein schlechter Geschmack in meinem Mund aus.

Um sechs geht Tante Emmi zu ihrem wöchentlichen Spieleabend.

Gelangweilt zappe ich mich durchs Fernsehprogramm. Je blöder die Sendung, desto besser. Bei einer Dauerwerbesendung zu einer giftgrünen Gemüseraspel bleibe ich hängen.

Das schlechte Gefühl aber geht nicht weg.

2898. Nachricht von anonym: schrecklicher unfall auf der autobahn. ein toter. Ob es deinem neuen gut geht?

17

ZOFF

Erst am späten Abend kreuzt Paula auf. Sie wirkt komisch, irgendwie verhalten.

„Wieso kommst du erst jetzt?"

Paula wirft sich zu mir aufs Sofa. „Ich war noch bei Limo."

„So lange?" Ich schalte den Ton vom Fernseher ab. „Und? Hast du sein Handy?"

Sie nickt müde. „Aber es ist nicht so einfach."

Im Fernsehen werden zum hundertsten Mal die Vorzüge der Gemüseraspel angepriesen.

„Und was genau heißt das?"

„Limo und ich haben sehr lange geredet." Sie fährt mit dem Daumen über ihre lackierten Nägel. „Limo sagt, dass er mit alldem nichts zu tun hat."

„Überraschung!", rufe ich bitter. „Das ist doch nichts Neues."

Paula wägt ihre Worte sorgfältig ab. „Nina, das mag jetzt irgendwie blöd für dich klingen.

Aber ich glaube, dass Limo diesmal die Wahrheit sagt."

Ruckartig wende ich mich ihr zu. „Was?"

„Bitte, hör mich an!" Sie holt tief Luft. „War Limo, als ihr zusammen wart, ein Idiot? Ja, sogar ein Riesenidiot. Wurde er später zu deinem Stalker? Ja. Er hat dich mit Anrufen und Nachrichten in den Wahnsinn getrieben, überall auf dich gewartet und beschissene Kommentare auf *Frienderline* verbreitet. Das alles stimmt und ist nicht zu entschuldigen."

Sie schiebt ihre Haare nach hinten. „Aber es stimmt auch, dass er dabei nie andere mit reingezogen hat, so wie jetzt mich oder Frau Hanssen. Er hat auch nie in deinem Namen Schwachsinnskram bestellt."

Während ich ihr zuhöre, spüre ich, wie die heiße Wut in mir hochkriecht. Meine Finger krampfen sich in meine verschränkten Arme.

„Ich glaube, Limo hat sich geändert", fährt Paula fort. „Er hat aus seinen Fehlern gelernt."

„Und wieso war er dann auf der Party?", frage ich genervt.

„Limo sagt, er hätte von irgendeinem Unbekannten eine Einladung bekommen. Genau wie ich!"

„Auf die Idee, dass Limo dir die Einladung geschickt hat, kommst du wohl nicht. Und warum schließt er mein Fahrrad ab? Gab es dazu etwa auch eine Einladung?"

Paulas Antwort darauf lautet: „Limo sagt, er war das nicht."

Limo sagt, Limo sagt.

„Und das Foto? Von mir und Ben?" Ich lasse nicht locker.

„Okay. Die Sache mit dem Foto war ein Fehler. Das gibt Limo selbst zu. Aber ansonsten hat er sich in den letzten Tagen komplett aus deinem Leben rausgehalten, sagt er."

Für jemanden, der sich komplett aus meinem Leben raushält, sah er gestern Abend verdammt lebendig aus. Wie kann sich Paula so blenden lassen?

„Das ist doch Bullshit", zische ich.

„Vielleicht tust du ihm ja Unrecht. Das wäre doch denkbar." Paula atmet tief durch. „Ja, Limo hat viel Mist angerichtet. Aber möglicherweise hast du dich zu sehr auf ihn als den Schuldigen eingeschossen."

Darüber kann ich nur lachen. „Ist er jetzt das Opfer oder wie?"

„Hier, ich habe sogar sein Handy dabei." Sie

kramt in ihrer Tasche herum. „Außer dem Foto von Ben und dir ist da nichts darauf. Schau selbst!"

„Spar dir die Mühe", knurre ich. „Er besitzt bestimmt noch ein anderes Handy."

„Dafür hat Limo keine Kohle. Ich habe mir sogar seinen Rechner angesehen. Da war nichts, absolut nichts." Sie schaut mich bittend an. „Du bist wütend, ich weiß. Aber denk doch einfach in Ruhe über alles nach."

„Ehrlich, Paula, auf wessen Seite stehst du eigentlich?"

„Ach, Nina! Du bist meine beste Freundin. Gerade darum sage ich dir: Limo ist es nicht gewesen."

Soll das ein Witz sein? Ich habe keine Ahnung, wie Limo bei Paula diese Gehirnwäsche durchziehen konnte. Auf jeden Fall war sie erfolgreich.

„Nina, jetzt sag doch was!"

Komisch, ich habe nie bemerkt, was für einen Riesenmund Paula hat. Der rote Lippenstift betont das sogar noch.

„Ich möchte, dass du jetzt gehst. Sofort."

3007. Nachricht von anonym: hot soccer bitch. yeah

18

TAGE OHNE PAULA

Die nächsten Tage sind sehr einsam.

Erst jetzt fällt mir auf, wie sehr die Schule zu meinem Leben gehört. Mir fehlt der tägliche Trott: das frühe Aufstehen, die müden Gesichter der anderen, der Unterricht, die Hausaufgaben. Und mir fehlt Paula.

Zum Glück habe ich wenigstens Ben. Er ist gar nicht sauer auf mich, sondern nur schwer gestresst. Er muss in Köln eine Schulung für die neuen Mitarbeiter von *SchweresHerz.de* abhalten.

Danach will er mich gern treffen. „Übermorgen bin ich zurück. Wollen wir dann im Café *Fritzi* Pommes essen? Nach der Schule? Sagen wir 17 Uhr?"

Ich bin einverstanden und freue mich sogar richtig. Anschließend erzähle ich ihm von Paula.

Dass ich sie rausgeworfen habe, findet Ben überhaupt nicht gut.

„Du solltest unbedingt noch mal mit ihr

sprechen", rät er mir am Telefon. „Sie ist deine beste Freundin, Nina."

„Schon richtig", räume ich ein. „Aber dass sie Limo verteidigt, kann ich ihr einfach nicht verzeihen. Nicht nach all dem, was er mir antut. Es vergeht kein Tag, an dem er mich nicht mit seinen beschissenen Nachrichten bombardiert."

„Trotzdem", beharrt Ben. „Rede mit ihr. Hol sie nach der Schule ab und lade sie auf einen Kaffee ein oder so ..."

„Geht nicht. Ich habe heute Training. Und vorher muss ich noch zur Polizei. Wegen der Anzeige meiner Schulleiterin."

Ben ist kurz still. „Ach, Mist", sagt er dann. „Die Anzeige! Blöderweise ist mein Freund von der Polizei bis nächste Woche im Urlaub. Ich fürchte, du musst das alleine durchstehen."

„Kein Problem." Ich klinge mutiger, als ich mich fühle. „Tante Emmi kommt mit. Und sie hat einen sehr guten Anwalt, der mich notfalls rausboxen wird, falls die mich zu ‚lebenslänglich' verknacken wollen."

Doch bei der Polizei erlebe ich eine Überraschung.

„Frau Hanssen hat ihre Anzeige

zurückgezogen", erklärt Frau Lübbers, die Stalking-Beauftragte.

Tante Emmi und ich sitzen in ihrem Büro und trauen unseren Ohren kaum. Am Fenster klebt eine Kinderzeichnung. Seit unserem Besuch wegen Limo hat sich hier nichts verändert.

„Ab morgen kannst du wieder ganz normal zur Schule gehen", versichert mir die Beamtin und legt ihre schwarze Hornbrille auf einem hohen Aktenstapel ab. Mein Fall ist nur einer von sehr vielen.

„Das sind ja wunderbare Neuigkeiten." Tante Emmi tätschelt glücklich meine Hand.

„Also weiß Frau Hanssen jetzt, dass ich nichts mit ihrer Sache zu tun habe?", hake ich nach.

Frau Lübbers nickt.

„Und wie kommt es zu diesem Sinneswandel?", will Tante Emmi wissen.

Frau Lübbers reibt sich die geröteten Stellen auf ihrem Nasenrücken. Dann setzt sie ihre Brille wieder auf. „Ganz einfach. Durch den Trojaner, den wir auf Ninas Rechner gefunden haben. Normalerweise dauert es eine Weile, bis wir die Geräte untersuchen. Aber ich kenne Frau Hanssens Fall und dich kenne ich auch. Da habe ich ein bisschen Druck gemacht."

„Ein Trojaner? Aber Limo war nie an meinem Computer", stelle ich verblüfft fest.

„Das muss er auch nicht", erklärt Frau Lübbers. „Um so ein schädliches Programm zu aktivieren, reicht schon das Anschließen eines USB-Sticks oder das Anklicken eines zugemailten PDFs. Das Schlimme ist, dass das Opfer davon überhaupt nichts mitbekommt."

„Was werden Sie jetzt gegen Limo unternehmen?", will ich wissen.

„Wie du gehen wir davon aus, dass Robert Limberger dahintersteckt. Nur können wir ihm bisher nichts nachweisen. Aber wir möchten ihn auch noch wegen einer anderen Angelegenheit sprechen. Mal sehen, was sich ergibt."

Die gestohlenen Sachen von Mike, denke ich sofort. Im Stadtpark hatte Limo davon erzählt.

„Ich rate dir auf jeden Fall, neue Passwörter anzulegen. Vorher musst du allerdings deinen Rechner und dein Smartphone komplett plattmachen, also einfach alles löschen. Sonst hat der Täter weiter Zugriff und kann dich zum Beispiel mit der Webcam beobachten."

Die Kamera! So also hat Limo das Foto von meinem Zimmer gemacht. Deswegen auch diese Nachrichten mit den Bemerkungen über meine

Unterwäsche. Bei dem Gedanken, wie oft ich halb nackt durch mein Zimmer laufe, wird mir richtig schlecht.

„Kann die Polizei Limo nicht mit dem Notebook eine Falle stellen?"

Frau Lübbers schüttelt den Kopf. „Aber keine Sorge. Schon heute werden meine Kollegen Herrn Limberger einen weiteren Besuch abstatten."

Ich fahre noch kurz mit Tante Emmi nach Hause, um das Notebook und mein altes Handy zu versorgen und um meine Trainingssachen zu holen.

Sie schließt den Briefkasten auf und zieht ein paar Umschläge und einen Paketzettel heraus. Auf der Post warten weitere 22 Päckchen auf mich.

Hört das denn niemals auf?

„Mach dir keine Gedanken", beruhigt mich Tante Emmi und zerreißt den Zettel. „Wenn keiner die Pakete abholt, werden sie nach einer Woche automatisch zurückgeschickt."

Dann sieht sie die weitere Post durch und beginnt zu lächeln. „Der Brief ist von diesem Fußballverein."

Ich muss dreimal lesen, bevor ich verstehe, was darin steht:

Liebe Frau Schlesinger,
mit großem Bedauern haben wir den Brief mit Ihrer Absage erhalten. Aber natürlich respektieren wir Ihre Entscheidung, mit dem Fußball aufzuhören.
Wir wünschen Ihnen viel Glück für die Zukunft!
Mit freundlichen Grüßen
Pedro Lemke (Trainer)

3242. Nachricht von anonym: nice ;-)

19

VERRAT

Sofort renne ich nach oben in die Wohnung und wähle die Nummer, die auf dem Brief steht.

Ich muss unbedingt klarstellen, dass ich auf keinen Fall mit dem Fußball aufhören will. Während es läutet und läutet, kommt auch Tante Emmi im vierten Stock an und zieht meinen Schlüssel aus der noch offenen Haustür.

Endlich nimmt jemand ab. „Herr Lemke ist auf dem Weg nach Italien", sagt eine Frauenstimme. „Worum geht es denn?"

Aufgeregt berichte ich von dem gefälschten Brief, von Limos Lügen und von seinem Stalking. Je mehr ich rede, desto gelangweilter wirkt die Frau am anderen Ende.

„Ich gebe Ihnen meine Festnetznummer und die vom Handy", erkläre ich eindringlich. „Mir ist egal, wann Herr Lemke mich zurückruft. Hauptsache, die falsche Absage wird rückgängig gemacht. Verstehen Sie?"

„Ich habe Ihre Nummern notiert", meint sie kühl und legt auf.

Das ist der Moment, in dem meine Gefühle kippen. Aus Verzweiflung wird Zorn. Zorn auf Limo. Sein Brief, sein Trojaner, sein Ausspionieren über meine Webcam …

„Ich muss noch etwas erledigen." Meine Stimme ist so laut, dass Tante Emmi mich verblüfft anstarrt. „Falls in der Zwischenzeit jemand von *Kickers Kreuzberg* anruft, musst du das bitte für mich klären."

Energisch trete ich in die Pedale. Ich will meine Identität zurück! Und Limo soll sich endlich aus meinem Leben raushalten!

Auf meinem Weg zum Stadtpark achte ich kaum auf Ampeln und Autos. Hinter mir höre ich immer wieder wütendes Hupen. Einmal rutsche ich mit dem Vorderrad in eine Straßenbahnschiene und kann nur mit Mühe einen Sturz verhindern.

Im Park sitzt die Punkerin auf dem Baumstumpf. Gelangweilt stochert sie mit einem Ast im Sand herum. Den Hund sehe ich nirgends, Limo allerdings auch nicht.

„Wo ist er?", frage ich gereizt.

Träge blickt mich die Punkerin an. Sie hört nichts.

Ich packe das Kabel ihrer Kopfhörer und ziehe fest daran.

„Wo steckt Limo?", wiederhole ich.

„Ey, Kacke, bist du irre?" Sie reibt sich die schmerzenden Ohren. „Der war schon seit Tagen nicht mehr hier."

Da bei Limo zu Hause niemand aufmacht, fahre ich weiter zu Paula. Es wird höchste Zeit, ihr die Augen über Limo zu öffnen. Sobald sie den Absagebrief liest, muss sie einfach erkennen, was für ein fieses Arschloch er ist.

Doch ich habe wieder kein Glück.

„Paula wollte zum Friseur", ruft ihre Mutter aus der Gegensprechanlage.

Misstrauisch schaue ich zum Fenster hinauf. Die Gardine bewegt sich. Will Paula mich nach unserem Streit vielleicht einfach nur nicht sehen?

Entschlossen radle ich die paar Straßen zu ihrem Stammfriseur. Schon von weitem erkenne ich Paula, die gerade den Salon verlässt. Ihre dunklen Haare sehen wie immer aus.

Als Nächstes bemerke ich den blonden Typ an ihrer Seite. Vorsichtig fährt sie ihm mit der

Hand über die kurzen Stoppeln. Sie lacht, er lacht, dann laufen sie los. Hand in Hand.

Jetzt erst erkenne ich ihn: Es ist Limo!

Seine Rastalocken sind weg, abgeschnitten. Auch der Ziegenbart ist fort.

Er nimmt Paula in den Arm und sie legt ihren Kopf auf seine Schulter.

Es gibt keinen Zweifel: Meine beste Freundin und mein größter Feind sind frisch verliebt. Sie sind ein Paar.

Ich schwanke, laut krachend fällt mein Fahrrad zu Boden.

Paula und Limo jedoch hören nichts. Sie gehen weiter, haben nur Augen füreinander. Erst vor Limos Schwalbe bleiben sie stehen. Limo schließt sie auf und reicht Paula einen weiß-roten Helm. Doch noch bevor sie ihn aufsetzen kann, beugt er sich vor und küsst sie.

Wie betäubt starre ich die beiden an und wische meine Tränen weg. Im selben Moment vibriert mein Handy.

Automatisch denke ich an Pedro Lemke von *Kickers Kreuzberg*. Doch es ist nur eine Nachricht. Eine anonyme Nachricht.

nice!

Ungläubig sehe ich auf.

Paula und Limo stehen immer noch da und küssen sich. Zärtlich hält er ihre Wange, während ihr Arm seinen Hals umschlingt. Die Ampel hinter ihnen wird grün. Sie wird rot. Sie wird wieder grün.

Mein Handy vibriert erneut.

hey, ohne fußball hast du jetzt endlich mehr zeit für mich. nice!

20

ALLES MUSS RAUS

Ich fahre kreuz und quer durch die Stadt, bis es schon fast dunkel wird. Traurig, erschöpft und vollkommen ratlos, so fühle ich mich.

Ich bin sicher nicht der schlauste Mensch auf diesem Planeten. Aber mir ist dennoch klar, dass Limo die letzten beiden Nachrichten nicht geschrieben hat. Und darum vermutlich auch alle anderen nicht.

Aber wer dann?

Wer hasst mich so sehr, dass er mich seit der Party mit Anrufen, Nachrichten und all den üblen Aktionen quält? Und vor allem, warum?

Es muss jemand sein, der sehr genau über mich Bescheid weiß. Und wenn Tante Emmi, Paula und Limo nicht in Frage kommen, bleibt nur eine Person übrig: Ben!

Zu Hause verkrieche ich mich in mein Zimmer. Ich schnappe mir mein altes Handy und lade es auf.

Es gibt eine Flut neuer Nachrichten. Fast alle sind anonym, nur die letzten stammen von Atilla.

Langsam gehe ich die Nachrichten seit der Party durch. Dabei stelle ich mir nicht Limo, sondern Ben als Absender vor.

Ben, der auf Frauenfußball und Pommes mit Erdnusssoße und Zwiebeln steht.

Ben, der das falsche Fahrradschloss geknackt hat. Ben, der dafür gesorgt hat, dass die üblen Sprüche über Paula gelöscht werden. Ben, der mir sein altes Handy mit einer neuen Nummer überlassen hat. Und der mir damals bei *SchweresHerz.de* geholfen hat.

Und dieser Ben soll mir einen Trojaner untergejubelt haben?

Je länger ich darüber nachdenke, desto weniger bekomme ich das zusammen. Mein Kopf schmerzt und meine Augen brennen. Ich nehme die Kontaktlinsen heraus.

Wenige Minuten später klopft es und Tante Emmi kommt herein.

„Ist alles in Ordnung, Kind?" Ohne meine Antwort abzuwarten, setzt sie sich neben mir aufs Bett. „Deine Augen sind ja ganz verquollen. Hast du geweint?"

Ich öffne den Mund, um ihr alles zu erzählen. Von Paula und Limo, von Limos Unschuld, von meinem Verdacht gegenüber Ben. Stattdessen entfährt mir nur ein krächzender Laut. Im nächsten Moment liege ich heulend in ihren Armen. Die Tränen schießen nur so raus und Rotz läuft aus meiner Nase.

Tante Emmi sagt keinen Ton, hält mich nur fest und streichelt meinen Kopf.

Schließlich erzähle ich ihr doch noch alles. Dabei muss ich immer wieder weinen.

Nachdem ich mich einigermaßen beruhigt habe, steht Tante Emmi auf, um Taschentücher zu holen. Im gleichen Augenblick klingelt das Telefon im Flur. Es ist nach 21 Uhr. Vielleicht ruft Herr Lemke aus Italien zurück?

„Ich gehe schon", sagt Tante Emmi. Kurz darauf reicht sie mir das Mobilteil. „Es ist für dich!"

Attilas Stimme dringt an mein Ohr. Er klingt schlecht gelaunt. „Wo warst du heute? Wir hatten Training."

Vorsichtig legt Tante Emmi mir eine Packung Taschentücher in den Schoß.

„Ich habe dich ein Dutzend Mal auf dem Handy angerufen und dir jede Menge

Nachrichten geschickt", erklärt Atilla erbost.
„Du könntest wenigstens Bescheid sagen."

Mit einer Hand nestle ich ein Taschentuch aus
der Packung und tupfe meine Nase ab.

„Ist etwas passiert? Hat es mit deiner Absage
bei *Kickers Kreuzberg* zu tun?" Er klingt jetzt
etwas freundlicher. „Wenn du wirklich mit
Fußball aufhören willst, ist das kein Problem.
Ich muss es nur wissen. Aber einfach nicht mehr
aufzukreuzen, das haben die anderen Mädchen
und ich nicht verdient. Hörst du? Nina?"

Tante Emmi nimmt mir den Hörer aus der
kraftlosen Hand. „Nina geht es nicht gut", sagt
sie zu Atilla. „Jemand anderes hat in ihrem
Namen die Absage geschrieben." Dann beendet
sie das Gespräch.

Auf einmal bin ich unsagbar müde. Ich lege
mich aufs Bett und starre an die Zimmerdecke.
Tante Emmi sammelt meine Handys und das
Notebook ein und schließt behutsam die Tür
hinter sich.

Mitten in der Nacht werde ich von einem
merkwürdigen Geräusch wach. Durch die
dünnen Wände klingt es wie ein heiseres Bellen,
das nicht mehr aufhört. Tante Emmi!

Erschrocken laufe ich in ihr Zimmer.

Sie liegt im Bett, hustet und ringt nach Luft. Mit einer Hand weist sie zur Kommode. Dort steht ihr Atemspray, neben meinem Notebook und den Handys.

Ich drücke ihr das Spray in die Hand und warte, bis sie tief Luft geholt hat. Danach stürze ich ins Bad. Mit einem Glas Wasser und ihren Tabletten kehre ich zurück.

Mühsam schluckt sie gleich zwei herunter.

„Soll ich einen Arzt rufen?"

Sie winkt ab.

Die restliche Nacht verbringe ich bei ihr. Ich kann nicht schlafen und fühle mich schuldig. Es ist klar, dass die ganze Sache sie weit mehr aufregt, als sie mir zeigen will.

Gegen drei Uhr nachts beginnt Bens Handy auf der Kommode zu brummen. Eine neue Nachricht.

liebe nina, willst du von mir scheiden, sollst du leiden.

21

TRICKSEN UND TÄUSCHEN

Am Morgen fühlt sich Tante Emmi noch immer etwas schwach. Trotzdem besteht sie darauf, dass ich zur Schule gehe. Im Gegenzug verspricht sie mir, noch am Vormittag bei ihrem Hausarzt vorbeizuschauen. Besonders begeistert sind wir allerdings beide nicht.

Und so breche ich zum ersten Mal nach fast einer Woche wieder zum Unterricht auf.

In meiner Klasse behandeln mich die anderen wie Luft, obwohl ich erwiesenermaßen in der Sache mit Frau Hanssen unschuldig bin. Dennoch: Für meine Mitschüler bleibe ich *verdächtig*.

Aber das ist mir egal. Schiss habe ich eigentlich nur vor der Begegnung mit Paula. Ich nicke ihr kurz zu, aber sie kann mir nicht in die Augen sehen. Für den Rest des Morgens gehen wir uns aus dem Weg.

In der Mittagspause sitze ich alleine in der Schulkantine und stochere in meinen Gemüsebällchen herum.

Schließlich rufe ich Tante Emmi an, um nach ihrem Arztbesuch zu fragen. Da Handys an der Schule verboten sind, muss ich mich dazu hinter dem Kaffeeautomaten verstecken.

Tante Emmi wirkt ganz munter. „Du weißt doch, wie Ärzte sind. Ihm gefiel meine Lunge nicht, meine Blutwerte nicht, mein Blutdruck nicht. Und mir gefiel der ganze Arzt nicht. Aber ich habe ein neues Medikament bekommen. Mir geht es schon viel besser."

Irgendwie fühle ich mich beobachtet und blicke auf. Paula. Sie schaut so schnell weg, dass ihre Haare fliegen.

Tante Emmi spricht fröhlich weiter. „Wann kommst du nach Hause?"

„Später", erkläre ich, denn nach der Schule muss ich noch etwas Dringendes erledigen: Ich werde Ben zur Rede stellen.

Dass wir heute nach seiner Köln-Reise verabredet sind, kommt mir jetzt gerade recht. Noch weiß Ben nichts von meinem Verdacht.

Auf dem Weg ins Café bin ich nervös und

angespannt. Fast wie vor einem großen Spiel. Doch kaum habe ich das *Fritzi* betreten, bin ich auf einmal vollkommen ruhig, geradezu kaltblütig.

Als Ben mich sieht, springt er beglückt auf. Wie bei unserem ersten Treffen hier steht bei ihm wieder ein kleines Haarbüschel ab.

Ich nicke ihm nur zu und setze mich.

„Was ist denn los?", fragt er besorgt. „Hat Limo wieder etwas angestellt?"

Wortlos lege ich den zerknüllten Brief von Pedro Lemke auf den Tisch und beobachte Ben genau.

Erst schaut er auf das Papier, dann zieht er erstaunt die Augenbrauen hoch. „Warum um Himmels willen hast du denn abgesagt?"

„Habe ich nicht."

„Was?", ruft Ben. „Begeht Limo jetzt also schon Urkundenfälschung? Wir müssen ihm das Handwerk legen. Ich werde –"

„Da ist noch etwas", unterbreche ich ihn. „Ich bin gestern zu Limo gefahren, um ihm die Meinung zu sagen."

„Lass mich raten." Ben lehnt sich zurück. „Natürlich hat er mal wieder alles geleugnet, stimmt's?"

Merkwürdig, noch vor zwei Tagen hätte ich Bens Verhalten für echte Anteilnahme gehalten. Doch jetzt kommt es mir wie das reinste Schmierentheater vor. Mit meiner Menschenkenntnis ist es wirklich nicht weit her.

„Nein, dazu kam es gar nicht. Denn Paula war bei ihm."

„Paula?! Habe ich es dir nicht gleich gesagt?", ruft er nach kurzem Zögern. „Damit hast du jetzt den Beweis. Sie hat Limo deine neue Nummer gegeben … Das muss ein totaler Schock für dich sein."

Er fasst nach meiner Hand, aber ich ziehe sie zurück.

Stattdessen fische ich Bens Prepaid-Handy aus meiner Tasche und lege es vor ihm auf den Tisch. „Als ich die beiden beobachtet habe, bekam ich diese Nachrichten."

Ben überfliegt die Zeilen. „Dann machen sie jetzt also gemeinsame Sache gegen dich?"

„Nein", erwidere ich gereizt. „Ganz bestimmt nicht."

„Glaube mir, Nina, ich kann dich gut verstehen", meint Ben bekümmert. „Aber du musst der Wahrheit endlich ins Auge sehen."

Da kann ich mir ein böses Lachen kaum

verkneifen. „Genau das mach ich ja gerade. Und ich sage dir: Die beiden haben absolut nichts mit meinem Problem zu tun."

„Und woher willst du das so genau wissen?", fragt er jetzt schon leicht genervt.

„Weil Limo und Paula sich gerade küssten, als mich diese Nachrichten erreichten."

Ben ist sichtlich verwirrt. Der Kuss bringt ihn aus dem Konzept. „Wie kann das sein?"

Ich schaue ihm fest in die Augen. „Sag du es mir, Ben."

„Nun … ich weiß auch nicht." Nervös fährt er mit der Hand über seinen Kopf. Das abstehende Haarbüschel schießt sofort wieder hervor. „Vielleicht hat Limo ja einen Freund, der das für ihn erledigt, oder er schickt alles zeitversetzt."

„Das ist doch totaler Schwachsinn!"

Gekränkt sieht er mich an. „Wieso verhältst du dich eigentlich so feindselig? Bist du etwa sauer?" Und dann kapiert er es endlich. Seine übliche Ruhe und Überlegenheit schwinden. „Soll das etwa heißen, dass du mich verdächtigst? Das kann doch nicht dein Ernst sein!"

Ben rückt ein wenig vom Tisch ab. „Nach allem, was ich für dich getan habe. Du weißt doch, dass ich dich mag. Sehr sogar …"

Die Kellnerin tritt an unseren Tisch.

„Pommes Erdnuss-Zwiebel, wie immer?"

Wir lehnen beide ab. Mir ist der Appetit gründlich vergangen.

„Lass uns doch mal logisch rangehen", bittet Ben jetzt. „Angenommen, ich stecke tatsächlich hinter diesen Attacken: Was für einen Grund sollte ich denn dafür haben?"

Da muss ich nicht lange überlegen. „Je mehr mir zustößt, desto mehr kannst du mir helfen."

„Nina!", ruft er entrüstet. „Kannst du dir vorstellen, wie verletzend das für mich ist?" Dann wird er richtig böse. „Wenn du alle Menschen so behandelst, wirst du bald sehr einsam sein."

Ich schiebe ihm das Smartphone zu. „Hier, nimm dein Scheißhandy zurück. Und hör endlich auf mich zu stalken."

Ben sieht mich prüfend an. In seinem Blick liegt auf einmal etwas Boshaftes.

„Selbst wenn ich es tatsächlich wäre. Wie willst du das eigentlich beweisen, Nina? Hast du darüber schon mal nachgedacht?!"

4098. Nachricht von anonym: an deiner stelle würde ich mir gut überlegen, wen du abblitzen lässt.

22

DER ZWEIFEL BLEIBT

Auf dem Heimweg trete ich lustlos und enttäuscht in die Pedale.

Ben hat an keiner Stelle unseres Gesprächs zugegeben, dass er mein Stalker ist.

Wenn ich auf mein Gefühl höre, dann bin ich absolut sicher, dass er dahinter steckt. Aber ich traue meinem Gefühl nicht mehr so recht. Schließlich habe ich Limo lange genug für den Täter gehalten. Ich weiß nicht mehr, ob ich das glauben *kann*, was ich glauben *möchte*.

Als ich in unsere Straße einbiege, versperren mir mehrere Fahrzeuge den Weg: zwei Streifenwagen, ein Krankenwagen und der Notarzt. Dazwischen parkt sogar ein schwarzer Leichenwagen.

Tante Emmi!!!

Unsere Wohnungstür steht sperrangelweit offen. Zwei Sanitäter kommen mir mit ernsten Gesichtern und einer leeren Trage entgegen.

Mein Herz klopft wahnsinnig, meine Knie werden weich. Auf der Türschwelle zögere ich.

Doch als ich erst die Wohnung und dann die Küche betrete, sitzt Tante Emmi putzmunter am Tisch, zusammen mit einem Polizisten, dem Notarzt und dem Bestatter.

Sie gießt gerade Kaffee ein. „Damit Sie nicht völlig umsonst gekommen sind, meine Herren", ruft sie fröhlich.

Mir fällt ein Stein vom Herzen. Meine Knie zittern noch, als ich sie umarme.

„Tante Emmi! Du hast mir einen tierischen Schrecken eingejagt."

Sie lacht. „Stell dir vor, jemand hat für mich einen Notarzt und den Leichenwagen bestellt. Ich konnte aber alle Anwesenden glaubhaft davon überzeugen, dass ich noch am Leben bin."

Tante Emmi überrascht mich immer wieder. Solange ihre Lunge mitmacht, nimmt sie die schlimmsten Dinge mit Humor.

Der Leichenbestatter lächelt schief. „Aber wer kommt jetzt eigentlich für den Schaden auf?", fragt er dann.

„Haben Sie den Namen Ihres Auftraggebers?", schaltet sich der Polizist ein.

„Ein gewisser Schmidt." Der Bestatter liest

von seinem Klemmbrett eine Telefonnummer ab, die ich sofort erkenne: Sie gehört zu Bens Prepaid-Handy, das ich ihm gerade zurückgegeben habe.

„Ich weiß, wer dahintersteckt", sage ich leise. „Sein Name ist Ben."

Der Polizist zückt Papier und Bleistift. „Ben und weiter?"

Wie bei einem Karpfen klappt mein Mund auf und zu. Erst jetzt wird mir klar, dass ich eigentlich nichts über Ben weiß. Keinen Nachnamen, keine Adresse. Gar nichts.

„Äh, er heißt Ben, arbeitet bei *SchweresHerz.de* und fährt einen blauen Golf. Und ich habe noch eine andere Handynummer von ihm."

Der Polizist notiert sich die Ziffern und wählt dann. Doch eine mechanische Stimme erklärt uns: „Der von Ihnen gewünschte Teilnehmer ist nicht erreichbar."

Danach versuchen wir es auf der Prepaid-Nummer. Auch da läuft das Band. Es ist zwecklos.

Bevor die drei Männer gehen, bitte ich den Polizisten noch, die Stalking-Beauftragte über den Vorfall zu informieren.

Während ich zusehe, wie Tante Emmi das

Kaffeegeschirr wegräumt, kommt mir eine Idee. Ich rufe bei *SchweresHerz.de* an. Die müssen Bens Adresse ja kennen.

Doch die Frau an der Hotline ist alles andere als hilfsbereit. „Wir geben grundsätzlich keine Auskünfte über unsere Mitarbeiter."

Erst als ich damit drohe, im Netz über die Sache mit Ben und *SchweresHerz.de* zu schreiben, verbindet sie mich mit der Geschäftsführerin.

Die zeigt sich nicht gerade erfreut. Sie ist aber immerhin bereit mir zu helfen. Vermutlich aus Sorge um den guten Ruf ihres Unternehmens.

„Natürlich kann ich schwarze Schafe unter meinen Mitarbeitern nicht ausschließen", gibt sie zu. Ich höre das Klackern ihrer Tastatur, als sie in ihrer Datenbank nach Ben sucht.

„Es tut mir wirklich leid", meldet sie sich nach einer Weile zurück. „Aber für uns arbeitet niemand, der so heißt."

Verblüfft lege ich auf. Wenn Ben nicht bei *SchweresHerz.de* arbeitet, wie ist er dann an die ganzen Infos über mich herangekommen?

Jetzt habe ich nicht mehr den geringsten Zweifel, dass er hinter allem steckt. Mit dem Anruf beim Notarzt und dem Beerdigungsinstitut wollte er es mir nach unserem Gespräch heimzahlen. Und das auf Kosten von Tante Emmi.

Nicht auszudenken, wenn sie wieder einen Anfall bekommen hätte. Aber Tante Emmi geht es den Umständen entsprechend gut. Sie ist nur erschöpft. Genau wie ich.

Gerade gießt sie sich ein Glas Wasser ein. Dann setzt sie sich zu mir. „Bevor ich es vergesse, es gibt gute Neuigkeiten: Attila hat die Sache mit der Absage geklärt. Dein Termin bei *Kickers Kreuzberg* findet wie geplant statt."

Ich ringe mir ein Lächeln ab. Denn ich bin mir gar nicht mehr sicher, ob ich da noch hinmöchte. Ob ich überhaupt noch etwas möchte – außer Ben loswerden.

Tante Emmi sieht mich an. „Eigentlich haben wir bis jetzt alles ganz gut hinbiegen können. Die Bestellungen, die Mathearbeit, Frau Hanssen, dein Training, der Leichenbestatter." Sie seufzt. „Bloß so geht es nicht weiter."

„Ich weiß", antworte ich.

Ich brauche Hilfe. Dringend. Alleine schaffe ich das nicht.

5785. Nachricht von anonym: wird das atmen erst mal knapp, wird es bald zeit fürs eigene grab ;-)

23

DER PLAN

„Danke, dass du gekommen bist", sagt Limo.
„Mir ist klar, dass dir das sicher nicht leichtfällt."

Das stimmt. Es ist wirklich sehr merkwürdig, hier im Café *Fritzi* ausgerechnet dem Menschen gegenüberzusitzen, den ich in den letzten Monaten endlos verflucht habe. An seinen neuen Look kann ich mich auch kaum gewöhnen: Limo mit kurzen Haaren.

„Hat dich Paula zum Friseur überredet?", will ich wissen.

Er schüttelt den Kopf und zupft an seiner Nase. „Ich hab's neulich mit ein paar Kumpels übertrieben und dann nachts meine Rastalocken vollgekotzt. Der Gestank ging einfach nicht mehr raus. Aber mit Saufen und Kiffen ist jetzt sowieso Schluss."

Eine Weile bleibt es still.

Dann fragt Limo: „Hast du dein Handy dabei?"

„Nein", antworte ich. „Paula hat mir eingeschärft es unbedingt zu Hause zu lassen."

„Gut." Er nickt. „Gut."

Paula und ich haben uns gestern Abend zum Glück versöhnt.

Ich bin zu ihr gefahren und sie hat mir das mit Limo sofort gestanden: „Ich weiß es ja selbst. Die beste Freundin und der Ex. Das geht eigentlich nicht ... Aber es ist nun mal passiert."

Als ich ihr dann die Wahrheit über Ben erzählte, hat sie mich gleich in den Arm genommen und mir Hilfe versprochen: „Wir bleiben beste Freundinnen!"

Der Anblick des weiß-roten Helms in ihrem Zimmer hat mir trotz allem einen Stich versetzt.

Aber Paula ist für mich da. Und selbst Limo macht mit. Deshalb sitzen wir hier im *Fritzi*.

„Warum hilfst du mir eigentlich?", frage ich Limo jetzt. „Ich war im Stadtpark nicht gerade nett zu dir."

„Du hast jedes Recht, böse auf mich zu sein." Er lächelt unsicher. „Ich bin mit unserer Trennung nicht sonderlich gut klargekommen. Und es tut mir aufrichtig leid, wie ich mich verhalten habe. Das möchte ich wiedergutmachen."

Ich nehme seine Entschuldigung an.
Jedenfalls fürs Erste. „Und wieso sollte ich mein
Handy zu Hause lassen?", frage ich dann.

„Paula hat mir von dem Trojaner auf deinem
Rechner erzählt. Es ist gut möglich, dass dich
dieser Ben auch übers Handy abhört."

„Geht das denn?"

Limo nickt. „Ohne Probleme! Jedes Handy
kann zur perfekten Abhörwanze werden. Du
trägst es ja immer bei dir."

Langsam begreife ich, warum Ben von
meinem Gespräch mit Frau Hanssen wusste.
Und mir wird auch klar, wie krankhaft sorgfältig
er alles von Anfang an geplant haben muss.

Erst hat er sowohl Paula als auch Limo
anonym zur Duo-Abend-Party eingeladen. Und
er hat sich das Hope-Solo-Trikot besorgt, damit
ich ihn dort auf keinen Fall übersehe.

Natürlich war es auch Ben, der mein Fahrrad
angeschlossen hat. So konnte er mich zum einen
nach Hause fahren und sich zum anderen als
mein Retter aufspielen. Und er brauchte das Rad
nur wieder bei mir vor die Tür zu stellen, damit
ich aus Dankbarkeit seine Einladung annahm.

Dass ich Pommes mit Erdnusssoße und
Zwiebeln liebe, ist ebenfalls kein Geheimnis.

Vermutlich habe ich irgendwann Fotos davon bei *Frienderline* gepostet.

Zum Schluss musste Ben nur noch eine anonyme Nachricht an Limo senden:

Nina hat einen neuen Freund.

Mit Ort und Uhrzeit von unserem ersten Treffen im Café *Fritzi*.

Klar, dass mein supereifersüchtiger Exfreund dort auftauchen würde.

„Ich habe das Foto von euch zwar gemacht und geschickt", gibt Limo zu. „Aber das war's auch. Seitdem habe ich diesen Ben nie mehr gesehen. Und irgendwelche Polizisten hat er auch nie zu mir geschickt."

Alles erstunken und erlogen!

Richtig mies war die Sache mit dem Prepaid-Handy. Indem Ben mir selbst einen anonymen Text an die neue Nummer schickte, die angeblich nur Paula kannte, konnte er sie und mich auseinander bringen. Damit am Ende nur noch Ben als mein einziger Freund übrig blieb.

Vielleicht hat er ja gehofft, dass wir dann ein Paar werden.

„Dieses Arschloch hat uns alle benutzt und manipuliert", stellt Limo ernüchtert fest. „Und mich wollte er so richtig in die Scheiße reiten.

Schon allein dafür soll er bezahlen. Nur schade, dass du ihm sein Handy wiedergegeben hast."

„Meinst du, unser Plan geht trotzdem auf?", frage ich unsicher.

„War dein Computer denn eingeschaltet, als wir wegen unserer ,Versöhnung' telefoniert haben?"

Ich nicke.

Limo grinst. „Falls dieser Irre nur halb so eifersüchtig ist wie ich damals, dann lauert er in diesem Augenblick irgendwo da draußen. Keine Sorge, Paula wird ihn schon aufspüren. Und sobald sie ihm später zu seinem Auto folgt, kennen wir auch sein Kennzeichen. Den Rest erledige ich ..."

Auf einmal holt er eine etwas zerfledderte rote Rose aus seiner Tasche und hält sie mir feierlich entgegen.

„Jetzt nimm schon", raunt er, als ich nicht gleich reagiere. „Und freu dich wie blöd. Wir müssen deinem Stalker schließlich etwas bieten."

5791. Nachricht von anonym: kostenloser ratschlag aus omas küche: kalten kaffee und ehemalige beziehungen sollten nicht aufgewärmt werden.

24

DEN STALKER STALKEN

Unser Plan funktioniert!

Paula hat Ben tatsächlich dabei erwischt, wie er Limo und mich im *Fritzi* beobachtete. Angeblich hat er laut geflucht, als Limo mir die Rose überreichte. Wer weiß, ob das stimmt. Paula übertreibt eben gerne.

Jedenfalls hat ihr die Rolle der Geheimagentin so gut gefallen, dass sie sich nicht mit dem Kennzeichen begnügen wollte. Stattdessen setzte sie ihren weiß-roten Helm auf und folgte Ben auf Limos Schwalbe bis zu seiner Haustür. Der Rest war für Limo ein Kinderspiel.

Einen Tag später treffen wir uns nachmittags bei Paula.

„Ich hab eine Menge herausgefunden", erklärt Limo. „Ben heißt gar nicht Ben, sondern hört auf den bescheuerten Namen Volker Malletzki.

Schon nach dem ersten Semester hat der Typ sein Studium geschmissen. Seitdem arbeitet er als freier System-Administrator bei einer kleinen Firma, die für andere Unternehmen die Computeranlagen betreut. Zum Beispiel auch für *SchweresHerz.de*."

Mir bleibt der Mund offen stehen. "Und wie kommt er an meine Informationen?"

"Ganz einfach", meint Limo. "System-Administratoren sind für die Computer und Daten eines Unternehmens zuständig. Dadurch erhalten sie vollen Zugriff auf sämtliche Informationen. Auch auf Dinge, die geheim bleiben sollen. So muss Ben an deinen Mailwechsel mit dem echten Berater bei *SchweresHerz.de* geraten sein. Und irgendetwas daran hat ihn wohl fasziniert, schätze ich."

"Dieses Schwein!", ruft Paula. "Wir sollten ihn mit seinen eigenen Waffen schlagen. Erst stalken, dann Fotos und Geschichten über sein wahres Wesen verbreiten."

"Wir könnten ihn aber auch bei *SchweresHerz.de* und bei seinem Arbeitgeber anschwärzen", schlägt Limo vor. "Denn die wissen bestimmt nicht, was ihr Mitarbeiter so treibt."

Aber ich habe eine bessere Idee: Ich statte meinem Stalker einen Besuch ab. Natürlich ohne Handy – ich will ihn schließlich nicht vorwarnen.

Sobald er begreift, dass ich weiß, wer er wirklich ist, bringt ihn das vielleicht zur Vernunft.

25

KOMM DOCH REIN

Jetzt stehe ich in einem spießigen, trostlosen Vorort und läute an ‚Bens' Tür.

Eine ältere blonde Frau in einem getigerten Pulli öffnet. Ich stocke und überprüfe noch mal die Adresse auf dem Zettel. Aber die Hausnummer stimmt.

„Nina", ruft die Frau da plötzlich. „Na, das ist ja 'ne tolle Überraschung. Komm doch rein."

Ich schlucke. Mein Stalker wohnt offensichtlich noch bei seiner Mutter!

Im Flur, der voller Blumenampeln hängt, nimmt Frau Malletzki mich in den Arm und drückt mich fest. Sie riecht nach Essen.

„Das wurde ja auch Zeit, dass wir uns endlich kennenlernen", erklärt sie und führt mich ins Wohnzimmer.

„Ist Volker da?", frage ich leise.

„Der ist noch in der Uni, er hockt ja ständig an seiner Doktorarbeit." Sie lächelt. „Aber er muss jeden Moment kommen. Ich mache uns schnell ein paar Häppchen."

Für einen Moment stehe ich alleine zwischen der kantigen Sitzgruppe und dem kastigen Fernseher. Durchs Fenster erkenne ich einen winzigen Garten mit einer Hollywoodschaukel.

Ein grauhaariger Mann tritt ein. Er sieht aus wie eine ältere Version von ,Ben'. Als er mich erblickt, stopft er verlegen sein Hemd in die Trainingshose.

„Das ist also die berühmte Nina", sagt er feierlich und drückt mir die Hand.

Wenige Minuten später sitzen wir am Esstisch. Vor uns steht ein Drehteller mit kleinen Broten: Wurst, Käse, auf jedem ein kleines Gürkchen.

Verzückt strahlen mich ,Bens' Eltern an.

„Du bist noch hübscher als auf den Fotos", sagt Frau Malletzki und gießt mir ein Wasser ein. „Ach, Günni, hol doch mal das Album."

„Schau mal. Wir wissen schon alles über dich", erklärt Herr Malletzki stolz, als er mit dem Fotobuch zurückkehrt.

Ungläubig blättere ich in dem Band, der vorne mit einem großen Herz und meinem Namen verziert wurde.

Die meisten Fotos kenne ich. Kein Wunder, sie stammen aus einem Ordner auf meinem Computer. Allerdings unterscheiden sich diese hier deutlich von den Originalen. Denn ‚Ben' hat sich mit Hilfe von Photoshop überall mit hineinmontiert.

Wer es nicht besser weiß, muss denken, dass wir dauernd zusammen sind und sehr viel Spaß miteinander haben.

„Unser Volker hat sich völlig verändert, seit er dich kennt", erzählt mir der Vater stolz. „Früher kam er kaum aus dem Bett, aber jetzt ist er meist schon ganz früh aus dem Haus und arbeitet viel. Wer hätte gedacht, dass ein hübsches Mädchen genügt, um seinen Ehrgeiz zu wecken. Aber du bist ihm wichtig. Du solltest mal sein Zimmer sehen."

Ich setze ein Lächeln auf, obwohl es mir schwerfällt. ‚Ben' hat den beiden so viele Lügen aufgetischt. „Das würde ich mir wirklich gern anschauen."

Frau Malletzki führt mich sofort nach oben. „Du wirst vielleicht Augen machen!"

Sie behält Recht. Denn das Zimmer ist das reinste Nina-Schlesinger-Museum: An der Wand über dem Bett hängt ein lebensgroßes Plakat von mir. Es zeigt mich, wie ich im Tor stehe. Vollkommen konzentriert.

Und auch sonst sind überall Fotos von mir: ich auf dem Schulhof, mit Paula, auf dem Rad und und und. Fast alles Momente, in denen ich mir vollkommen unbeobachtet vorkam. Mir läuft eine Gänsehaut den Rücken hinunter.

„Unser Volker war schon immer vernarrt in Sportlerinnen", meint Frau Malletzki. „Seine erste Freundin spielte Eishockey. Aber das hat er dir sicher erzählt."

Sie klaubt herumliegende Wäsche auf und klemmt sie sich unter den Arm. „Ich darf hier ja eigentlich nichts anrühren. Wegen seiner Technik. Da ist unser Volker ganz pingelig."

Auf dem Schreibtisch stehen drei Bildschirme.

Zwei zeigen eine Diashow mit weiteren Aufnahmen von mir. Auf dem dritten Monitor in der Mitte erkenne ich ein Bett. Dahinter hängt die Fahne von *Kickers Kreuzberg*. Und mein Mobile dreht sich. Mein Zimmer wird videoüberwacht!

Dann fällt mir ein, dass mein Rechner zu Hause noch eingeschaltet sein muss.

Wie hat sich ‚Ben' das eigentlich vorgestellt, falls wir tatsächlich zusammengekommen wären?

Er hätte mir doch nicht ewig sein wahres Leben verheimlichen können.

Fieberhaft überlege ich, was ich jetzt tun soll. Ohne Handy kann ich keine Fotos machen. Ohne Fotos hab ich keine Beweise. Und ‚Ben' kann in Ruhe alles Verdächtige beseitigen, sobald er von meinem Besuch erfährt.

Mir bleibt nur eins: Frau Malletzki bitten, ob ich kurz telefonieren darf.

„Ortsgespräch?", fragt sie.

Ich nicke. Fast tut sie mir ein wenig leid.

26

IST DAS GERECHTIGKEIT?

Die Liste der Anklagepunkte gegen ‚Ben' ist ganz schön lang: Stalking, Cybermobbing, Identitätenklau, Rufschädigung, Urkundenfälschung … Neben meiner Anzeige liegen noch weitere vor: von Paulas Eltern, Tante Emmi und Frau Hanssen.

SchweresHerz.de geht allerdings nicht gegen ‚Ben' vor. Die Betreiber der Website sind auf Spendengelder angewiesen und müssen jegliches negative Aufsehen vermeiden. Aber zumindest ‚Bens' ursprünglicher Arbeitgeber hat ihn fristlos entlassen.

Gleich nach meinem Anruf bei Frau Lübbers sind zwei Beamte bei den Malletzkis erschienen, um die Beweise in ‚Bens' Zimmer zu sichern. Und davon gab es mehr als genug.

Viel Hoffnung macht mir Tante Emmis Anwaltsfreund trotzdem nicht.

Weil Ben alias Volker Malletzki zum ersten Mal vor Gericht steht, kommt er vermutlich mit einer Bewährungsstrafe davon. Das hänge immer vom Richter ab, sagt der Anwalt.

Fällt ‚Ben' noch mal auf, könnte er zu einer Geldstrafe verurteilt werden. Erst danach würde ihm Gefängnis drohen.

Ehrlich gesagt finde ich das absolut ungerecht und total unbefriedigend.

Paula überlegt sich, ob sie nicht doch noch den Spieß umdreht und mit Limos Hilfe den falschen Ben im Netz fertigmacht.

Wenn ich daran denke, dass sie und Limo schon einen Monat zusammen sind, muss ich lächeln. So lange hat sie es bisher noch mit keinem ausgehalten. Sie konnte Limo sogar einen Job vermitteln. Selbst die Sache mit der Hehlerei für seinen Kumpel Mike ist aus der Welt geschafft.

Wenn die beiden sich also unbedingt an ‚Ben' rächen wollen, meinetwegen. Ich werde sie nicht aufhalten, denn ich habe Wichtigeres zu tun.

Ich muss mein erstes Spiel für *Kickers Kreuzberg* gewinnen.

DANKSAGUNG

Ein Buch schreibt sich nie allein. An dieser Stelle möchte ich mich bei all den Menschen und Experten bedanken, die mir mit Geduld, Fachwissen und Rat sehr geholfen haben.

Anne Bender, Ulrike Dick, Murat Dogan, Carola Elbrecht (Verbraucherzentrale Bundesverband e. V.), Ralf Esemann (Polizei Präventionsstelle Lübeck), Beate Friese (Nummer gegen Kummer), Steffen Haubner, Therese Hochhuth, Andrea Kallweit (Jugendschutz.net), Sandra Klockenberg (Polizei Berlin), Katja Knierim (Jugendschutz.net), Gernot Körner, Giovanna Krüger, Frank Kühne, Hermann Oechtering, Frank Patalong, Karin Plötz, Heike Richter, Dennis Romberg (Verbraucherzentrale Bundesverband e.V.), Heike Schiller.

Mein ganz besonderer Dank gilt meinen Chefberaterinnen Lotta und Mila.

Außerdem Marlies Schiller und meiner Lektorin Brigitte Kälble.

ALLE GEGEN EINEN

Daniel Höra
**CARLSEN CLIPS:
AUF DICH ABGESEHEN**
Taschenbuch
112 Seiten
ISBN 978-3-551-31353-9
Auch als E-Book erhältlich

ROBERT WEISS NICHT WEITER. Nachdem irgendjemand ihm das Ausplaudern eines Geheimnisses in die Schuhe geschoben hat, scheint ihn die ganze Klasse zu verachten. Doch was zunächst wie ein harmloser Scherz beginnt, eskaliert schließlich in einer Spirale aus Gewalt und Hass, aus der es für Robert bald kein Entkommen mehr gibt.

»LASST MICH
DOCH IN RUHE!«

Henriette Wich
**CARLSEN CLIPS:
ALLES ZU VIEL**
Taschenbuch
112 Seiten
ISBN 978-3-551-32030-8

SOFIE LIEST GERN UND IST EIGENTLICH ganz gut in der Schule. Nur Mathe macht ihr Probleme und dass sie jetzt in Deutsch die Leitung einer Arbeitsgruppe übernehmen soll. Dabei hasst sie es, im Mittelpunkt zu stehen. Aber das kann sie ja wohl schlecht zugeben. Die anderen hätten damit bestimmt kein Problem. Und wieso ist Fabian in letzter Zeit so abweisend? Liegt es an ihr? Ist sie ihm nicht cool genug? Selbst ihre beste Freundin Lilly scheint keine Zeit mehr für sie zu haben. Es ist einfach alles viel zu viel.

GAME OVER

Daniel Höra
**CARLSEN CLIPS:
KILLYOU!**
Taschenbuch
128 Seiten
ISBN 978-3-551-31659-2
Auch als E-Book erhältlich

TIM HAT ES IM GRIFF: Schule, Kumpels, Chillen und Zocken am Computer. Vor allem das Spiel CALL OF THE FORCE zieht ihn so richtig rein. Denn da ist einfach alles drin: Strategie, Geballer, Action, Rätsel ... Bald sitzt er nächtelang am Bildschirm, schottet sich ab, kann Realität und Fantasie kaum noch auseinanderhalten. Er verliert Freunde, belügt seine Mutter. Und irgendwann stellt sich die Frage: Findet Tim überhaupt noch zurück in die echte Welt?

WENN DAS HANDY ZUR FALLE WIRD

Henriette Wich
CARLSEN CLIPS:
IMMER ON
Taschenbuch
112 Seiten
ISBN 978-3-551-31763-6

LUNA FÜHLT SICH OFT DURCHSCHNITTLICH, auch im Vergleich zu ihren Freundinnen. Sarah zum Beispiel kann toll singen. Aber sie macht das nur für sich, was Luna so gar nicht versteht. Ungefragt stellt sie ein Video von Sarah auf eine Musik-Plattform und kriegt prompt Streit mit ihrer Clique. Aus Frust postet Luna eigene Clips – und kommt damit an! Immer wilder werden ihre Aktionen, immer länger hängt sie am Handy, immer mehr verliert sie den Überblick. Sie braucht Hilfe. Und sie brauch ihre Mädels!